다시

성공하는 기업의 특성과 창업의 기술

창업하라

김태균 지음

청어

다시 창업하라

김태균 지음

발행처 · 도서출판 청어
발행인 · 이영철
영 업 · 이동호
홍 보 · 최윤영
기 획 · 천성래 | 김홍순
편 집 · 김영신 | 방세화
디자인 · 김바라 | 서경아
제작부장 · 공병한
인 쇄 · 두리터

등 록 · 1999년 5월 3일(제22-1541호)

1판 1쇄 인쇄 · 2013년 8월 1일
1판 1쇄 발행 · 2013년 8월 10일

주소 · 서울시 서초구 서초동 1595-10 봉양빌딩 2층
대표전화 · 586-0477
팩시밀리 · 586-0478

홈페이지 · www.chungeobook.com
E-mail · ppi20@hanmail.net
ISBN · 978-89-97706-68-6 (03100)

다시
창업하라

다시
창업하라

귀한 당신, _____님께

이 책을 드립니다.

_____ 드림

이 책은 지난 20여 년 간 수천 개의 벤처·중소기업들의 리더들과 대화하고 토론하면서 얻게 된 고민들을 해결하는 과정 속에서 탄생했습니다. 천여 권의 책을 읽으면서 다각도로 검증했습니다.

수백 억 원의 부도를 낸 기업의 사장님에서부터, 신용불량으로 재기의 꿈을 펼 수 없는 분들의 애환의 이야기를 들으면서 많은 생각을 했습니다.

'어떻게 해야 기업이 성공할 수 있을까?'
'어떻게 해야 기업이 지속적으로 성장할 수 있을까?'
'어떻게 해야 조직원들이 자발적으로 혁신할 수 있을까?'

이 책은 제가 그동안 끊임없이 고민한 흔적이자 결론입니다. 국내외 수많은 기업의 사례를 분석하고 전문가들의 주장을 검증해가면서 책으로 묶은 것입니다.

전문가들의 주장을 인용하면서 자의적으로 해석한 부분이 있다면, 그것은 온전히 제 지식의 한계임을 인정합니다.

살아가면서 많은 성찰의 기회를 주시는 주위의 많은 분들께 감사의 말씀을 드립니다. 그리고 이 책의 수익금은 전 세계 빈곤에 허덕이는 우리의 아이들이 꿈과 희망을 간직할 수 있도록 사용하고자 합니다.

마지막으로 이 책을 돌아가신 아버님께 바칩니다.

김태균

문유현 (전 과학기술부 과학기술정책실장, 현 재단법인 경기테크노파크 원장)

기업경영은 기술, 자금, 인력, 마케팅, 브랜드, 디자인 등 다양한 요소를 동원하고 결합시키는 일종의 종합예술 행위이다. 변화무쌍한 내외부 환경에 맞서 기업의 생사(生死)까지 가름할 수많은 결단을 내리고 실행에 옮겨야 한다. 원하든 원치 않든 수시로 갑 또는 을의 입장에서 각양각색의 사람을 만나 설명하고 설득해야 한다. 기업경영은 이론이 아니고 실제이다.

이 책은 바로 저자가 만난 수많은 기업의 실제 사례를 통해 터득한 지혜와 예리한 통찰력으로 기업경영에 대한 나름대로의 해답을 제시하고 있다. 일례로 혁신만이 살길이고 혁신엔 반드시 고통이 뒤따라야 하는 것으로 이해한다. 그러나 혁신이란 고통스러운 환경에선 성공할 수 없고, 기본적으로 재미가 있어야 함을 힘주어 강조한다.

기업이 가장 갈급해하는 자금에 대해서도 정부자금을 받지 못한 기업의 영업이익이 더 높다는 놀라운 사실을 전하며, 경영에 있어 의미 있는 시사점을 던져준다. 흔히 첨단기술의 중요성만을 강조하는데, 중간기술이나 하위기술 기업군(群)이 일자리를 더 만들어낸다는 사실도 매우 흥미롭다. 이뿐 아니라 기업경영은 물론 개개인의 성공적인 삶에 있어 필수요소인 커뮤니케이션, 사업계획서 작성, 프레젠테이션에 대한 유용한 기법과 지혜도 함께 담고 있다.

저자는 6년 동안 기업부설연구소를 거쳐 현재 14년째 경기테크노파크에 근무하고 있다. 지난 20여 년 동안 수천 개의 기업을 방문하거나 CEO를 만나며 생생한 기업현장을 몸소 보고 듣고 느껴왔다. 이 책은 이론이 아니라 실제 기업현장에 뿌리를 두고 있어 창업이나 기업경영, 혹은 개인의 성공적인 삶을 두고 고민하는 모든 분에게 좋은 길잡이가 되리라 확신한다.

이금룡 (前 오픈옥션 회장, 現 코글로닷컴 회장)

20년간 민간 연구소와 테크노벤처에서 정말 많은 벤처기업과 중소기업을 상담해온 저자가 그동안의 경험으로 좋은 책을 저술하였다. 저자와는 십 년 이상 교류하고 있는데, 저자는 스타트업 기업이나 벤처기업의 성장에 그동안 크게 기여하였다. 독서량이 상당한 학구적인 저자는 다양한 서적의 핵심내용을 인용하면서, 성공과 혁신에 대해 조언해주고 있다.

특히 스타트업 기업들은 저자가 강조하는 Needs, Approach, Benefit, Competition의 네 가지 원칙을 이해하면 크게 도움이 될 것이다. 사업을 시작하려는 창업자나 중소기업인뿐만 아니라, 일반인들에게도 도움이 될 만한 유익한 내용으로 가득 차 있다. 모두에게 일독을 권한다.

유기풍 (서강대 총장)

창조경제는 사람과 창의력 그리고 혁신이 핵심이며, 새로운 일자리 창출이 창업으로 나타나야 한다.

우리나라 과거 벤처 1.0시대에서 배운 뼈저린 교훈이 있다면, 창업 후 성공이 중요하지만 실패도 소중한 자산이라는 것이다. 현 정부의 창조경제 활동에서는 실패자에 대한 긍정적 출구를 부여하고자 하니 퍽이나 다행이다.

이런 시점에서 저자의 『다시 창업하라』는 매우 시의적절한 외침이다. 저자의 오랜 현장 경험이 문장 여기저기에 스며들어 독창적 참신성을 접하는 독서의 즐거움과 배움을 맛볼 수 있어 좋았다.

송택렬 (한양대학교 전자컴퓨터공학부 교수)

세계적인 경제학자 톰 피터스는 실리콘밸리의 성공은 수많은 실패 위에서 '위험에 도전하는 정신' 이 이룬 것이라고 말한다.

우리는 혁신을 바탕으로 모험을 즐기는 기업들을 주위에서 볼 수 있다. 이들 기업의 공통점은 제품과 기술만 파는 것이 아니라 신념, 열정을 함께 팔고 있다는 것이다.

나는 저자 김태균 씨를 오랫동안 지켜봐왔다. 그는 열정과 도전의 벤처정신으로 무장한 전사(戰士)와 같이, 기업인들과 창업자들을 지원해왔다. 오늘의 책이 나오기까지 늦은 감이 있지만 지금이라도 나오게 되어 다행이라고 생각한다.

미래는 우리가 현재 하는 행동의 결과이다. 미래가 바뀌길 원하는 사람이라면 누구나 꼭 읽어보라고 추천한다.

다시
창업하라

|Contents|

PART 3 **성공을 위한 기술**

'혁신' 이라는 단어는 우리가 수년 전부터 귀에 못이 박히도록 들었던 단어입니다. 제 기억으로는 2007년 금융위기로 IMF 구제 금융을 받던 시기가 기점이 아니었나 싶습니다. 혁신(革新)의 사전적 뜻은 '새로운 가죽', '새로운 모습' 이라고 볼 수 있습니다.

피와 살을 깎는 아픔을 견디고 이겨내야 새로운 모습으로 태어날 수 있다는 말들을 하십니다. 이렇게 괴로운(?) 혁신은 과거 압축성장에 의한 성공의 기억과, IMF가 한국에 요구한 혁신의 조건이 우리 사회에 교과서처럼 받아들여져 지금까지도 이어지고 있습니다.

Part 1
즐거운 혁신

혁신은 정말 힘든 것일까?

저는 20여 년간 기업연구소 및 기업지원기관에 근무해오면서, 기존의 혁신(革新)에 대한 많은 사람의 생각이 잘못되었다는 것을 알게 되었습니다.

고통이 따르는 환경에서는 결코 혁신적인 사고가 불가능하며, 지속적 혁신동력을 갖추고 관성과 가속도 에너지를 얻을 수 없다는 것이었습니다. 이런 확신은 수천 개의 기업들을 만나고 관련 자료와 데이터를 접하면서 더욱더 굳은 신념으로 자라났습니다.

"놀라운 결과는 무자비한 환경에선 결코 나올 수 없다."

많은 분들이 대한민국에서 사업하기 힘들다고 말씀하십니다. 정부자금 받는 것도 절차가 까다롭고, 공정성이나 투명성도 의심이 간다고 하십니다. 그러나 세계 소프트웨어산업의 중심지인 미국의 실리콘밸리든지 대한민국이든지 사업성을 평가하는 기준은 매우 비슷합니다.

실리콘밸리의 혁신을 주도하며 미국 3대 싱크탱크 중 하나인 SRI 인터내셔널(Stanford Research Institute International) 사는 그들이 자체적으로 사업성을 평가하는 방식인 'NABC 접근법'을 개발했습니다.

1. 사업성을 평가하는 NABC 접근법

N(Needs)은 시장의 요구가 있는가를 판단하는 것입니다. 고객이 기다리는 아이템이라면 투자할 가치가 분명한 것입니다.

A(Approach)는 고객이 돈을 들고 기다리는 사업이라 하더라도, 경쟁자들을 잠재우며 보호받을 수 있는 핵심기술을 갖고 있는지를 묻는 것입니다. 특허권리가 없는 기술이라면 시장에서 중장기적인 경쟁력을 가질 수 없습니다.

B(Benefit)는 고객에게 어떤 가치나 이익을 줄 수 있는가를 묻는 것입니다. 가격이 기존의 기술이나 제품에 비해 매우 저렴하다든지, 유지비가 저렴하다든지 등의 고객 가치 부분을

평가하는 항목입니다.

마지막으로 C(Competition)는 경쟁자 현황을 제대로 분석하였는지에 대한 것입니다. 경쟁사 및 대체기술, 대체품의 현황을 제대로 파악하고 사업을 준비하고 있는가를 묻는 것입니다.

보통 이 부분을 과소평가하거나 간과하는 분들이 의외로 많습니다. 자신의 기술에 흠뻑 빠져서 경쟁사의 역량과 기술을 폄하하거나 무시하는 것입니다.

그러나 자금을 투자하거나 지원하는 평가자의 입장은 일단 매우 냉소적이며 보수적이라는 것을 아셔야 합니다. 정부자금은 눈먼 돈이라고들 하는데 절대로 그렇게 쉽게 볼 일이 아닙니다.

어느 날 저에게 연세가 지긋하신 예비 창업자 A씨가 찾아오셨습니다. 갖고 오신 사업 아이템은 신재생에너지를 이용한 발전 시스템이었습니다. 특허도 여러 개를 가지고 있을 만큼 매우 창의적인 분이었습니다.

그분이 원하는 것은 자신이 발명한 아이템을 개발할 20~30억 원의 자금이었습니다. A씨는 몇 군데 공공기관과 두세 군데의 관련 기업을 방문하여 자신의 기술을 설명했지만, 시큰둥한 반응만 있었을 뿐이었다고 합니다.

저는 'NABC 접근법'으로 질문과 답변을 통해 사업성을 점검했습니다. 먼저, 고객이 기다리고 있는가, 아니면 고객 스스로도 몰랐던 불편을 해소하여 감동시킬 수 있는가를 판단해 보았습니다.

갖고 있는 기술 및 비즈니스 모델도 검토해봤습니다. 특허는 보유하고 있었지만, 기술의 가치는 평가조차 할 수 있는 단계가 아니었습니다. 실현 가능성이 매우 낮았습니다. 참고로 우리나라 특허의 80%는 가치가 거의 없거나 서랍 속의 특허라고 합니다.

이쯤 되면 다음 단계로 넘어가기도 힘든 상황이었습니다. 그러나 저는 사업성 평가기준을 자세히 말씀드리고, 각 검토 항목에 대한 궁금증을 풀어달라고 요청했습니다. 그분은 그 이후로 몇 차례 더 방문하여 저와 상담을 했지만 아직도 사업 준비는 별반 진척이 없는 상태입니다.

보통 자신의 기술을 과대평가한 상태에서 무리하게 은행 등에서 대출을 받아 창업을 합니다. 그리고 일 년도 안 되어 어려움에 봉착합니다. 자신의 기술을 인정해주지 않는 정부를 비난하기도 합니다. 이런 상태가 되면 걷잡을 수 없는 악순환이 거듭되어 아무것도 할 수 없는 상태가 될 뿐만 아니라, 가정에도 문제가 생기는 경우가 허다합니다.

또 다른 예를 들어볼까요.

B씨는 40대 중후반으로 중국에서 십 년 넘게 사업을 하다 실패하고 자살까지도 생각했지만 다시 마음을 다잡고 한국으로 돌아왔습니다. 갖고 있는 기술은 화장품에 들어가는 성분을 만드는 것이었는데, 그 당시 우리나라는 그 원료를 100% 수입에만 의존하고 있었습니다.

샘플을 만들어 테스트해본 결과, 상용화만 되면 국내 대기업 및 중견기업뿐 아니라 해외 수출도 가능할 것으로 보였습니다. 보유한 기술도 특허성이 있었으며, 수입되는 원료가 워낙 높은 마진을 보고 국내에 독점 수입되고 있었기에 사업성이 있다고 판단되었습니다.

테스트할 때에는 제가 근무하는 경기테크노파크와 경기도 내 분석장비를 소개하여 저렴하게 분석할 수 있도록 지원해드렸습니다.

그리고 그 당시 가장 먼저 자금을 받을 수 있는 중소기업청 창업자금지원 프로그램을 추천해드렸습니다. B씨는 NABC

접근법을 철저하게 유념하며 사업계획서를 작성했고, 높은 경쟁률을 뚫고 자금 3천 5백만 원을 받았습니다. 그리고 그렇게 원하던 사업을 한국에서 다시 하게 되었습니다.

그 후에 B씨는 원료의 순도를 높이기 위한 추가기술개발 자금을 확보하기 위해 경기도의 기술개발과제를 신청했고, NABC가 완벽하게 만족되었기 때문에 자금 1억 원을 더 받을 수 있었습니다.

순도를 높일 수 있는 공정을 개발하니 순도 99.9%의 수입산 제품과 대등한 품질의 제품을 만들 수 있었고, 창업한 지 3년이 넘은 지금은 수십 억 원의 매출을 올리는 당당한 수출기업이 되었습니다.

사례를 한 가지 더 들어보겠습니다.

몇 년 전 창업교육 강의를 하고 질의응답 후 강의장 밖으로 나서는데, C씨가 다가와서 친환경 제품을 만들고 싶은데 창업 과정, 기술개발 방법, 마케팅 방법 등 사업화하는 것에 대해 아는 것이 하나도 없다며 도움을 요청하였습니다.

그렇게 인연이 되어 사무실에서 수차례 미팅을 하였습니다. 이런 경우는 아이디어가 혁신적이어서 특허출원 단계에서부터 마케팅까지, 즉 처음부터 끝까지 컨설팅을 해드린 경우였습니다.

샘플에서부터 시생산(초기 소량생산)이 될 때까지 원료 업체
와 설비 업체 등을 알선해드렸습니다.

처음에는 정부자금을 받을 수 있도록 알선해드렸으나 사업
계획서를 작성하는 것부터 시작하기에는 인력과 시간이 촉박
했습니다. 그래서 국책연구기관과 공동 프로젝트를 할 수 있
도록 한국생산기술연구원을 소개해드렸고, 결국 1억 원의 자
금을 받을 수 있었습니다.

C씨는 엄청난 시행오차를 겪었지만 결국 수억 원의 매출을
달성하게 되었고, 지금은 그 친환경 제품을 세계시장에 수출
하기 위해 열심히 달리고 있습니다.

이렇듯 모든 사업의 출발 전에 'NABC 접근법'으로 철저하
게 검증하면 사업의 실패를 줄일 수 있습니다.

2. 우리나라 기업의 현실

1900년대 초 기업들의 평균수명은 50년이었습니다. 그 이
후에 기업들의 평균수명이 차츰 줄기 시작하여 2008년에는
평균 15년으로 떨어졌습니다. 지금은 더 줄었을 것으로 생각
됩니다.

사업을 시작하는 것은 누구나 할 수 있습니다. 그러나 100년, 1000년 이상 지속할 수 있는 기업으로 성장하는 것은 쉽지 않으며 매우 중요한 문제입니다.

세계에서 가장 오래된 기업은 '곤고구미(金剛組)'라는 일본 회사입니다. 그 옛날 백제인이 만든 회사로 약 1,600년 전에 만들어졌는데, 절을 짓고 유지·보수하는 것을 업(業)으로 합니다.

일본에는 1000년 이상 된 회사가 곤고구미만이 아니라고 합니다. 8개 기업이 1000년 이상을 버텨왔고, 100년이 넘은 기업은 2만 개도 넘는다고 합니다. 100년 넘은 기업이 동화제약과 두산, 두 개밖에 없는 우리나라와 크게 차이가 납니다.

그래서 지금까지는 사업성에 대해 평가했다면, 마지막으로는 지속적인 성장이 가능한 원동력을 갖추고 있는지를 점검해봐야 합니다.

그것은 경영자의 신념과 마인드를 판단하는 항목인 P(Purpose)입니다. 어떤 신념을 가지고 장차 이 회사를 어떻게 성장시키려는지 알아보는 것입니다.

사람이 숨 쉬며 먹고 사는 것이 삶의 목적이 될 수 없듯이, 기업도 돈 버는 것이 경영의 목적이 될 수 없습니다.

멋진 배를 만들려면 직원들에게 배를 만드는 이유를 알려주라고 합니다. 즉, 비전(Vision)을 보여주라는 것입니다.

직원들에게 배를 만드는 방법을 일일이 알려주고 일정을 확인하기보다는, 그들이 만드는 배가 40억 명의 빈곤으로 고생하는 인류를 구원하러 식량을 싣고 저 먼 태평양 위를 유유히 건너야 한다는 것을 말해준다면 어떨까요?

그냥 배를 만드는 기업과 위대한 배를 만드는 기업은 그 가치가 분명히 다를 것입니다. 그 기업에 종사하는 직원들의 자세도 확연히 구분될 것입니다.

최근 국내 뉴스를 보면 정리해고 문제로 장기투쟁을 하는 11개 사업장 중에 경영상 객관적인 어려움을 가진 곳은 4곳에 불과했습니다. 한진중공업, 흥국생명, 코오롱, 파카한일유압, 시그네틱스 등은 흑자 상태였으며, 쌍용자동차는 회계조작 의심을 받고 있습니다.

공정거래위원회에서 삼성, 현대, CJ, 귀뚜라미, SK 등을 갑자기 방문하여 조사하려 할 때 PC를 숨기거나 직원들의 명품 가방 안에 비밀자료가 담긴 외장하드를 숨겨놓았다가 들켰던 것이 우리나라 대표 기업들의 현주소였습니다.

중소기업연구원이 2012년 발표한 대기업의 골목상권 진출 분석을 보면 롯데가 1위, GS가 2위, 대성이 3위, 신세계가 4위 등 대기업들이 골목을 눈부시게(?) 밝히고 있습니다.

부동의 1위 롯데는 껌과 과자를 팔아서 전국 각지의 땅을 사들인 것으로 유명합니다. 더군다나 세븐일레븐의 경우, 담배 소매인이 가맹점주가 아닌 신동빈 회장 및 전·현직 대표이사인 것으로 드러나기도 했습니다.

재벌총수들의 처벌사례를 보면 이건희 씨는 탈세·배임으로 징역 3년에 집행유예 5년, 정몽구 씨는 횡령·배임으로 징역 3년에 집행유예 5년, 최태원 씨는 분식회계·부당내부거래 등으로 징역 3년에 집행유예 5년을 선고받았습니다.

사고 친 액수만 해도 건별 1천억 원이 넘는 건 흔합니다. 이게 우리나라 대기업들의 현실입니다.

3. 위대한 기업은 감동을 주는 기업이다

오화석 기자의 『100년 기업의 힘 타타에게 배워라』를 보면 인도의 150년 된 기업 타타(TATA)가 어떻게 탄생했고, 어떻게 위대한 기업으로 성장했는지 참고할 수 있습니다.

J.R.D. 타타 전 그룹회장은 "우리는 국민을 위해 부를 창출한다. 국민으로부터 온 부는 가능한 한 국민에게 돌아가야 한

다."고 말했습니다. 타타 그룹은 섬유사업으로 창업하여 자동차, 제철, IT, 호텔 등 연 매출 110조 규모의 수많은 계열사를 이끌고 있습니다.

　250만 원대 국민차 '나노'를 개발한 것도 오토바이를 여럿이서 함께 타고 다니는 서민들의 안전을 위한 것이었습니다.
　3톤의 물을 정수할 수 있는 2만 원대 초저가 휴대형 정수기 '타타 스와치'를 개발한 것도 오염된 물로부터 국민의 건강을 지키기 위해 개발한 것입니다.
　105만 원 정도의 10평 조립식 주택도 곧 선보일 예정이라고 합니다.

250만 원대 국민차 '나노'

초저가 휴대형 정수기
'타타 스와치'

　타타는 1990년대 인도 정부의 개방화로 차(茶, Tea) 사업이 힘들 때 외부의 기업에 사업장을 매각하기보다는 직원들의 일자리 보존과 복지서비스를 유지해주기 위해 노동자들에게 75%의 지분을 매각했습니다.

이런 파격적인 결정으로 직원들의 차(茶) 생산성은 2005년 출범 직전 28kg에서 4년 후인 2009년에는 68kg으로 급격히 증가했습니다.

타타 그룹 소유인 타지마할 호텔에 무장 괴한들이 들이닥쳐 2박 3일 동안 손님들을 위협하자 호텔 직원들이 인간 띠를 만들어 스스로 인간 방패가 되었던 것은 유명한 일화입니다.

왜 직원들은 타타 그룹에 목숨을 바칠 정도로 헌신적일까요? 그것은 회사가 직원들을 존중하고 생계를 끝까지 보장해주기 때문입니다. 회사는 순직한 직원들의 가족에게 정년까지 연봉을 지급하고, 자녀들의 학비, 의료비, 부채까지 지원했습니다.

타타 스틸(전 타타 철강회사)이 위치한 지역은 무장 게릴라들이 수시로 나타나서 경찰, 정부요원, 민간인 등을 살생하지만, 타타 스틸 관계자와 임직원들은 어떤 피해도 입은 적이 없다고 합니다. 그것은 타타 스틸이 교육사업, 의료서비스 등 지역의 부족민들을 위해 헌신하는 기업이기 때문입니다.

타타 가문의 사람들 중에 1억 달러 이상의 재산을 가진 사람은 아무도 없습니다. 대부분 공공재단이나 지역사회에 기부했기 때문입니다. 그래서 타타 그룹은 창업자인 잠셋지 타타(Jamsetji Tata)에서부터 150년간 인도 국민들의 사랑과 존경을 받는 기업이 된 것입니다.

대한민국 타타대우상용차㈜도 비정규직을 정규직으로 매년 전환하면서 노사 간에 신뢰가 구축되어, 2004년 3천억 원이던 매출이 2010년엔 6천7백억 원으로 급상승했습니다.

타타 그룹은 낙후된 지역이 모범적인 기업에 의해 어떻게 발전할 수 있는지 몸소 보여줬습니다. 우리나라처럼 국가가 주도하여 무조건 공공기관을 내려보내고, 기업들의 지방 이전을 세금으로 지원하는 것과는 대조됩니다.

우리나라는 타 지역의 사람들이 지방에 내려가 지역에 정착하지 못하고 주말부부로 생활함으로써 소득 대부분을 원래 자신이 살던 지역에다가 소비하기 때문에 진정한 의미의 지역 발전은 소원한 것이 현실입니다.

타타 그룹은 시계 사업을 추진하면서 중장기적인 지역 발전 계획을 세웠습니다. 그 지역의 고등학생들을 먼저 교육하여 인력으로 채용함으로써 지역 기업으로서 뿌리내릴 수 있었습니다. 타타 그룹의 시계 사업 법인 '타이탄'은 현재 인도 시계 시장의 60%를 점유할 정도로 건실하게 성장했습니다.

창업자 잠셋지는 기업이 성공하기 위해서는 직원들이 행복해야 한다고 믿었습니다. 영국에서 유학하며 착취당하는 노동자들의 무기력함을 보고 배운 것입니다.

이미 1912년에 8시간 노동제, 1920년에 유급휴가제, 1928년에 임신휴가제, 1934년에 성과급제, 1937년에 퇴직금제 등을 도입하여 '깨어 있는 자본주의'의 성공사례를 보여주고 있습니다.

1997년 7월 17일, 인도 역사상 처음으로 밑바닥 계층인 불가촉천민 출신의 코체릴 라만 나라야난 대통령이 탄생했습니다. 타타 그룹의 장학 사업을 통해 배출된 것이죠.

타타 그룹 장학금 지원 제도의 특징은 무상지원이 아니라는 겁니다. 원금은 갚아야 합니다. 성공해서 아무 때나 갚으면 됩니다. 장학생들에게는 수혜자로서 국가에 대한 의무감을 심어주고, 장학기금은 계속 불어날 수 있는 선순환적인 구조를 만든 것입니다.

잠셋지는 불굴의 의지로 자신의 안위보다 국가를 먼저 생각한 세계적으로 존경받는 리더입니다.

잠셋지가 전기도 제대로 보급되지 않는 나라에서 수력발전을 통해 전기를 생산해 철강사업을 하겠다고 발표했을 때, 많은 사람들은 그를 미쳤다고 생각했습니다. 그러나 그는 선진국들이 급속히 산업화되는 과정에 철강사업은 기간산업(basic industry)이었기 때문에 누군가는 꼭 해야 할 사업이라고 믿었습니다.

그는 정부를 상대로 설득하고 영국, 미국 등으로 가서 투자자들을 설득했습니다. 결국 간절하고 위대한 꿈은 이뤄졌습니다. 포기하지 않는 열정의 법칙은 항상 그래왔듯이 말이죠. 유능한 지질탐사가 웰드는 미국에서 철강석 상품성을 검토해주는 전문가로 타타 그룹에 초빙되어 왔다가 잠셋지의 열정에 감동하여 귀국을 늦추었을 정도였습니다.

타타 그룹의 자동차사업, 교육사업 등 모든 사업이 이런 식의 위대한 도전의 연속이었습니다.

타타 그룹은 부패한 정치인이나 관료들이 손을 벌리지 못할 정도로 청렴하고 확고부동한 윤리경영을 하는 것으로 정평이 나 있습니다. 그래서 정부에게 항공사업 등을 뺏기고 여러 불이익을 당하기도 했습니다.

타타 파이낸스에서 내부자거래 및 회계장부 조작을 시도하자 이를 찾아내 당국에 고발한 곳이 그룹 내 타타선즈 지주회사였습니다. 결국 타타 파이낸스는 그룹의 결정으로 청산되었습니다.

최근 국내 대기업들이 상생협력 조직을 만들어 여러 프로그램을 운영한다고 홍보합니다. 어느 것들은 의도가 의심되기도 합니다. 저는 타타 그룹이 150년간 인도인들의 사랑과 존경을 받으면서 성장해온 이유를 우리나라 기업인들과 사업을 준비하시는 분들이 다시 생각해보기를 권합니다.

기업이 사회적 책임과 의무를 통해 직원들과 하나가 되어 위대한 기업으로 성장할 수 있도록 철학적 가치를 정립해야 합니다. 현명한 고객은 감동을 주는 기업을 원합니다.

앞서 말씀드린 5가지의 'PNABC' 평가방식을 통과하면 미국이든 대한민국이든 세계 어느 곳에서든 투자자금이나 정책자금을 받는 것이 어렵지 않습니다. 사업성을 평가하는 것은 어느 나라나 다 비슷하기 때문입니다.

자세한 내용이 궁금하다면 제3부까지 읽으셔야 합니다. 사업계획서 작성요령을 자세히 설명해두었습니다.

지금만 있으면 성공할 수 있을까?

'매직후프'를 개발한 (주)렌토는 특허청에서 우수 발명으로 인정받아 시제품 제작 지원사업, 해외전시회 참가비용 지원사업 등의 자금을 지원받아 해외시장에서도 주문이 몰려오는 등 호평이 잇따랐습니다. 사업 초기에 승승장구하며 매출도 급상승했습니다. 그러다가 시장에서 퇴장했습니다. 왜 그랬을까요?

2005년도 한국개발연구원(KDI)에서는 정부자금을 지원받은 기업들과 지원받지 못한 기업들의 영업이익을 비교하여 분석한 적이 있습니다. 놀랍게도 정부자금을 지원받지 못한 기업들의 영업이익률이 더 높게 나왔습니다.

　　정부자금을 지원받았다는 것은 기술력과 사업성을 더 높게 인정받았다는 것인데, 대체 왜 이런 결과가 나왔을까요?

기업의 성장이 지체되는 이유

1. 혁신에 실패했기 때문이다?

사업이 잘 안 돼서 매출이 감소하거나 정체되면 경영진은 전문 컨설턴트 등의 도움을 받아서 혁신하고자 합니다. 조직의 현황을 분석해서 약점을 개선하고 강점을 강화시키는 전략을 도출합니다. 조직 목표 달성의 정도를 계량하는 KPI(Key Performance Index, 핵심성과지표)를 도출하고, 성과 중심의 시스템 도입 등을 통해 과감한 조직개편, 구조조정 및 인사단행을 합니다.

이러한 과학적(?) 분석 위에 내린 결단은 단기간에 실적의 향상을 가져올 수 있습니다. 경영진은 안도의 한숨을 쉴 수는 있겠지요.

그러나 이런 기술적 방법이 체질을 강화시키진 못합니다.

몇 달 후에 다시 실적이 주춤하거나 하향하면서 갈피를 잡지 못하고 혼돈의 상태에 빠지기도 합니다. 이 상황이 반복되면 직원들은 지쳐가고 '실패하는 경험'이 축적됩니다.

이러한 현상이 민간 기업에만 있는 것이 아닙니다. 공무원, 대학교수, 정부출연연구소 연구원들도 힘들어 죽겠다고 푸념하는 분들이 많습니다. 산다는 게 보이는 것과 다른 경우가 매우 많습니다.

지속적으로 변화를 요구하지만 번번이 성과로 연결되지 못한다면, 조직 구성원들이 '반복성 변화 증후군'이라는 병에 걸렸는지 심각하게 고민해보아야 합니다. 같은 탄소 덩어리라도 온도와 압력 등의 조건이 다르다면 어느 탄소 덩어리는 흑연이 되고, 어느 탄소 덩어리는 다이아몬드가 됩니다. 즉, 문제의 본질은 조직원의 역량 부족이 아니라는 것입니다.

2. 첨단기술을 보유하지 못해서 실패했다?

1965년 이후 미국에서 창출된 4천만 개의 일자리 중 첨단분야가 기여한 몫은 5~6백만 개에 지나지 않는다고 합니다. 첨단산업이 굴뚝산업이 잃어버린 일자리를 메우지 못했다는 것이죠.

실제로 우리나라 대기업들은 매년 10만 개 이상 일자리를 줄이고 있습니다. 대부분의 사람들은 미국에서 일자리를 만드는 선도적 산업분야가 서비스업이라고 생각하지만 그것은 오해입니다. 대부분의 일자리는 첨단기술이 아닌 중간기술(Middle Technologies)과 하위기술(Low Technologies)을 보유한 중간 규모의 기업들이 만들어냈습니다.

현재 시장에서 대박 히트를 기록하는 제품들을 보면 첨단 나노기술, 바이오 기술 등이 접목된 제품이 아닙니다. 고객의 불편과 기대를 만족시킨 아이디어 제품들입니다. 혁신은 투자자금의 규모에 절대 비례하지 않습니다.

7년 전에 시화공단에 있는 어느 기업의 사장님을 만난 적이 있습니다. 그분이 경영하는 회사는 센서(Sensor)를 만드는 회사로, 반도체를 만드는 원료인 웨이퍼(wafer) 위에 노광, 식각, 세척 공정을 거쳐 패턴작업을 하는 반도체 제조 팹(fab)을 갖고 있는 최첨단 기업이었습니다.

문제는 팹에서 처리할 수 있는 웨이퍼 크기가 작아서 상대적으로 대량생산이 불가능하고, 크린룸 환경이 갖는 높은 전기 소모, 먼지를 제어하는 특수하고 고가의 헤파(HEPA)필터 교체 비용, 고순도의 특수가스 및 용제(Solvent) 비용 등으로 사업의 어려움을 겪고 있었습니다.

그분이 저를 찾아온 가장 큰 이유는 우선적으로 대용량 웨이퍼를 처리할 수 있도록 100억 원가량의 자금을 지원받을 수 있게 해달라는 것이었습니다.

사실 중소기업이 이 정도 규모의 자금을 확보할 수 있는 방법은 대부분 융자나 투자유치밖에 없는데, 재무상태가 썩 좋지 않은 상황에서 융자는 거의 불가능합니다. 투자유치의 경우에도 한국의 실정은 매우 열악하기 때문에 원하는 거래를 성사시키기 어렵습니다.

보유한 기술의 수준이 높다고 해서 사업에 성공할 가능성이 높은 것은 아닙니다. 오히려 높은 유지비용으로 어려움을 겪는 경우가 비일비재합니다.

3. 너무 느렸다?

아프리카 동물의 진정한 승자는 사자가 아니라 영양입니다. 개체수를 보면 그렇다는 이야기입니다. 그 승리의 이유는 영양은 '혼자 달리지 않기 때문'입니다.

지구상에서 가장 빠른 육상동물은 시속 110km로 달리는 치타입니다. 현대인은 치타의 스피드를 부러워합니다. 그러나 치타의 가장 큰 강점은 스피드가 아니라 기회포착 및 순간집중력입니다. 누구도 마냥 달릴 순 없습니다.

우리 생활에 깊숙이 들어와 있는 생리대, 기저귀 등 일회용 제품들은 국민의 소득수준이 뒷받침되어야 시장이 열리는 특성이 있습니다. 먼저 개발해봐야 시장이 열리지 않으면 고사할 수밖에 없습니다.

스티브 잡스가 아이패드를 개발하기 몇 년 전에 우리나라 기업이 민트패드라는 제품을 만들었지만 고객들은 관심이 없었습니다. 그리고 아예 기억하지도 못합니다. 빠르다고 목적지에 먼저 갈 수 있는 것이 아닙니다.

4. 앞만 보고 달려라?

"지금이 진짜 위기다. 머뭇거릴 시간이 없다. 앞만 보고 가라!"

어느 대기업 회장의 말입니다. 국내 일간지마다 앞 다투어 대기업 회장의 말에 맞장구를 쳤습니다.

그러나 자동차가 속도를 내는 것은 문제가 없습니다. 그것보다는 핸들을 잡은 사람의 능력이 훨씬 더 중요합니다.

아프리카에 가면 넓고 넓은 초원에 수천 마리의 스프링복 (Springbok)이 달려갑니다. 스프링복은 본능적으로 먹이를 먼저 먹기 위해 몇 마리만 모여도 달리기 시작한다고 합니다. 그러나 불행하게도 경쟁에만 몰두하다가 바로 앞에 있는 절벽을 보지 못하고 떨어져 죽는다고 합니다.

기원전부터 18세기 산업혁명이 일어나기 전까지는 농업과 축산업의 시대였습니다. 삶의 속도가 매우 낮았던 시기였습니다.

그러다 산업혁명으로 인한 대량생산 시대 이후 IT혁명이 일고, 중국의 개방 이후 세계시장이 넓어지면서 '공급과잉' 과 '불확실성' 이라는 큰 격변을 겪게 되었습니다.

이렇게 앞이 잘 안 보이는 시대이기에 우리는 막연한 두려움 때문에 달리기 시작한 것입니다. 하지만 안개 낀 바다에선

노를 저을수록 목적지와 더 멀어질 수 있습니다. 우리는 어쩌면 엉뚱한 미래를 향해 가고 있지는 않은지요?

5. 불안증폭사회, 대한민국

"왜 살지?" "사는 게 왜 이리 재미없지?" "사는 게 참 힘들다."라는 말은 대한민국에 사는 현대인의 입에서 거침없이 나오는 일상 언어가 되었습니다. 심리학자 김태형은 그의 저서 『불안증폭사회』에서 이러한 현상의 원인은 "삶에 흥미를 느끼지 못하기 때문"이라고 말합니다.

한국의 경제규모가 세계 10위권임에도 국민이 느끼는 행복 순위는 세계 50위권입니다. 일인당 국민소득이 턱없이 낮은 남아프리카공화국, 터키, 페루, 멕시코, 베네수엘라보다 낮습니다.

통계에 따르면 최근 10년 사이에 한국인의 심장병 발병률이 여섯 배나 증가했으며, 자살률은 OECD 국가 중 1위입니다. 소득격차는 멕시코에 이어 1위이고, 국채 증가율, 세부담 증가율, 저임금 노동자 비율, 근로시간, 노동유연성(해고의 용이성), 비정규직 비율, 산재 사망자 수, 사교육비 비중, 이혼율은 세계 1위, 식품 물가 상승률은 2위, 출산율은 꼴찌입니다.

2008년 미국의 〈워싱턴 포스트〉는 한국인이 일중독, 자녀 교육중독에 빠져 있다고 지적했고, OECD는 한국이 노동시간은 가장 긴 반면 여가시간 소비는 꼴찌이며, 자살률은 첫 번째인 반면 출산율은 가장 낮다고 발표했습니다.

비록 학자들에 따라 불안에 대한 견해가 다소 다르긴 해도, 대다수의 학자는 불안을 만성화된 공포로 이해합니다.

우리나라 국민이 최근에 겪은 가장 큰 충격은 1997년 발발한 IMF 경제위기였습니다. 그 이후 몰아친 신자유주의는 고용 불안정과 적자생존을 강조한 치열한 경쟁을 요구한 것입니다.

한국인은 5천년의 역사 속에서 국민이 단결하여 국가를 지켜왔습니다. 고구려는 수나라를 망하게 했고, 신라는 당나라를 물리쳤으며, 고려는 막강한 전투력으로 제국을 건설한 몽골군을 상대로 유일하게 40년간 항쟁했습니다. 조선은 패망했지만 국민들은 끈질긴 항쟁을 통해 나라를 되찾았습니다. IMF 때는 국민들이 장롱 속의 금붙이를 헐값에 팔아 국가의 부채를 줄이고자 노력했고 결국 3년 만에 위기를 극복했습니다.

이렇게 수천 년간 위기를 극복했던 한국인의 '단결 유전자'가 신자유주의 물결로 혼란을 겪고 손상당했던 것입니다.

한 사람의 엘리트가 수만 명을 먹여 살린다는 논리는 빈부의 격차를 늘렸고, 패자는 노숙자로 전락했습니다. 그래서 태어나자마자 승자가 되기 위해 사교육을 통해 전쟁의 기술을 연마합니다. 친구부터 이겨야 진검승부를 할 자격이 부여됩니다.

문제의 본질은 무엇인가?

우리는 문제를 해결하고자 할 때 너무 빠르고 쉽게 해결하려는 경향이 있습니다. 그러나 문제의 본질이 무엇인지를 알아야 근원적인 해결책을 마련하여 재발을 방지할 수 있습니다.

(주)베네소 김진홍 대표님과 몇 번 만난 적이 있습니다. 이분은 모든 문제를 대할 때 본질을 잘 분석하는 능력이 있었습니다. 그러면서 저에게 묻더군요. "소화기의 본질은 무엇이죠?" 저는 머뭇거리며 말했습니다. "불 끄는 것 아닌가요?" 그러자 김진홍 대표님은 저에게 틀렸다고 말하셨습니다. 그것은 소화기의 본질이 아니라는 것입니다. 소화기의 본질은 '긴급한 상황에서 초기에 빠르게 화재를 진화하는 것' 입니다.

기업 경영에 있어서 우리는 흔히 "사람이 자산이다.", "사람이 답이다."라는 말을 합니다. 그런데 우리는 자기 자신도 잘 모르면서 남을 이해하고 관리할 수 있다고 생각합니다.

우리나라는 급격한 경제성장을 겪으며 사람을 생산성으로 판단하면서 측정가능한 도구로 인식하고 있습니다. 어떤 성향의 동물인지 알지도 못하면서 돈으로만 관리하려고 합니다. 그러나 탁월한 성과를 내는 조직을 운영하려면 사람의 심리를 제대로 파악해야 합니다.

1. 왜 뛰어내렸을까?

얼마 전 우리나라 최고의 공과대학인 KAIST의 학생 4명이 연이어 자살했습니다. 아시다시피 KAIST에 입학하려면 특별한 영재성이 있어야 가능합니다. 장래가 촉망되어 미래의 부와 명예가 약속된 그들은 왜 스스로 뛰어내렸을까요?

그뿐만이 아닙니다. 이미 누구나 부러워하는 부와 명예를 다 갖고 있던 현대그룹 정몽헌 회장, 우리나라 최고의 연기자 최진실 그리고 그녀의 친동생인 가수이자 연기자 최진영, 한류 배우 1호 격인 박용하 등도 삶의 여행을 중간에 포기했습니다. 왜 그런 결정을 했을까요?

그 해답은 '인간의 심리'에 있습니다.

사람의 기본적 심리는 나르시시즘(Narcissism)을 바탕으로 합니다. 나르시시즘은 그리스 신화에서 호수에 비친 자기 모습을 사랑하며 그리워하다가 물에 빠져 죽어 수선화가 된 나르키소스(Narcissos)라는 미소년의 이름에서 유래되었습니다. 나르시시즘은 자존감, 자존심과 아주 밀접한 관계가 있습니다.

한 종류의 교과서로 교육을 받은 학생들이더라도 사고가 다 다릅니다. 자기중심적으로 판단하고, 자기중심적으로 정보를 받아들이는 자존감 때문이죠.

미국의 위대한 대통령 링컨은 대통령에 당선되기 전, 한 정치인에게 영화에서나 나올 법한 목숨을 건 대결신청을 받게 됩니다. 그 당시 링컨은 독설가로 유명했다고 합니다. 자신의 독설로 자존심을 구긴 정적(政敵)은 목숨을 건 대결을 신청했

미국의 제16대 대통령 링컨

던 것입니다.

이 사건으로 링컨은 커다란 깨달음 얻었다고 합니다. '사람의 자존심은 목숨과도 같다' 는 것이죠. 그 이후에 링컨은 말 한마디 한마디를 조심하여 위대한 정치인이 되었던 것입니다.

영국의 유명한 정치가로 수상을 역임한 처칠의 경우를 예로 들어볼까요?

처칠이 위대한 정치인으로 기억될 수 있었던 가장 근본적인 이유는 그의 말 때문이었습니다. 그는 정적들의 공격에 대해 능수능란하게 유머로 받아넘기는 능력이 탁월한 것으로 유명합니다.

처칠이 의회 개의시간에 늦자 사람들은 그를 태만한 사람이라고 비난했습니다. 이에 처칠은 "미인 마누라와 살다 보니 일찍 일어나기 어렵습니다. 앞으로 회의가 있는 전날은 각방을 쓰겠습니다."라고 말해 장내에 폭소가 터졌습니다.

어느 날은 거물급 여성 논객 한 명이 "당신이 만약 내 남편이라면 당신이 마시는 커피에 독을 넣겠소."라고 말했습니다.

그러자 처칠은 "당신이 내 부인이라면 그 독이 든 커피를 당장 마셔버리겠소."라고 대답했습니다. 당신과 사느니 죽어버리겠다는 표현을 재치 있게 받아친 것입니다.

영국의 정치가 처칠

처칠은 갈등을 웃음으로 승화시킨 천재적인 정치인이었습니다. 그의 유명한 말 중에 이런 말이 있습니다.

"나는 싸울 때도 씽긋 웃을 수 있는 사람을 좋아한다."

미국의 제40대 대통령 레이건이 괴한으로부터 충격 부상을 당해 급하게 병원으로 이송되어 수술을 받고 있었습니다. 그 위급한 상황에서도 레이건은 간호사들을 둘러보면서 "우리 집사람이 내가 이런 미인들에게 둘러싸여 있는 것을 알고 있는가?"라고 농담을 했습니다. 그는 아무리 긴장된 분위기에서도 그것을 누그러트릴 정도로 유머 넘치는 리더였습니다.

"세 치 혀가 너의 운명을 망치고 네 목을 치리라."라는 말이 있습니다. 말조심하라는 것입니다.

그러나 운명을 망치고 목을 치는 주체는 그 말로 인해 모욕을 당한 상대방의 자존심입니다. 뉴스에 나오는 거의 대부분의 사건 사고는 이 자존심을 건드렸을 때 발생합니다.

사람들은 서로 자신이 합리적인 결정을 내렸다고 생각하지만, 사람은 원래 생물학적 불완전성과 나르시시즘으로 인해 편협한 결정을 내릴 확률이 매우 높습니다.

대표적인 편견은 '사장님'에 대한 것이죠. 우리는 흔히 사장님은 스케일이 크고 베짱이 있고 여유가 있으며 긍정적이고 친구가 많을 것이라고 생각합니다. 그러나 대부분의 사장님들은 쪼잔하고 새가슴에 성질 급하고 만날 죽는 소리에 외로움을 타는 경우가 90% 이상이라고 합니다. A4용지 한 장이 얼마인지를 계산하는 것이 사장님이란 것이죠.

우리 자신도 항상 이런 나르시시즘에 빠져 삽니다. 나의 외도는 로맨스이고 타인의 외도는 불륜입니다. 나의 흰색 머리카락은 새치이고 타인의 흰색 머리카락은 노화의 증거입니다. 나는 베스트 드라이버고 타인은 난폭운전사입니다. 이것이 인간의 기본적 심리입니다.

　혜민 스님은 "인간관계는 난로와 같다."고 했습니다. 가까이 가면 따뜻하지만, 너무 가까이 가면 뜨겁지요. 그 옛날 겨울이 오면 학교 교실에는 석탄 난로가 놓이고, 난로 둘레에 안전망이 설치되었습니다. 너무 가까이 다가서지 못하도록 말입니다. 나이가 들어 상처투성이가 되어서야 부부, 자식, 친구 등 모든 관계에도 거리가 필요했다는 것을 알았습니다.

　우리 사람 관계에도 원래 안전망이 있습니다. 그 옛날 조상들이 만들어놓은 도덕, 예의라는 것입니다. 요즈음 들어 예의가 무시되고 논리적 사고와 상업성만 우선시되는 것을 보면 안타깝습니다.

먼 훗날 서로가 숱한 상처투성이가 된 후에야 우리는 난로 안전망이 난로와 한 세트였음을 알게 될 것입니다.

아무리 친했던 사람이더라도 너무 다가서면 뜨겁습니다. 더 다가서다가 데어서 화상을 입는 경우가 허다합니다. 보통 자존감이 높을수록 난로의 표면 온도는 매우 높습니다.

저도 친했던 사람에게 크게 실망하는 대부분의 경우가 제 자존감에 상처를 입었을 때였습니다. 자신이 아쉬운 경우에는 달콤한 말과 행동으로 상대방의 약점을 감싸주다가 아쉬운 것이 없을 때는 그 약점을 공격하는 것이죠. 자신이 알고 그랬든지 모르고 그랬든지 그건 중요한 것이 아닙니다. 이미 감정은 화상을 입었거든요.

아부에는 상대방 자존감의 상실을 채워주는 강력한 마법이 있습니다. 세상에 아부 싫어하는 사람 없다고 하잖아요.

리처드 스텐걸의 『아부의 기술』을 보면 아부를 위한 행동 강령이 나옵니다.

첫째, 구체적으로 칭찬하라.
둘째, 칭찬과 동시에 부탁하지 말라.
셋째, 아부하는 것을 두려워하지 말라.

넷째, 당사자가 없는 곳에서 칭찬하라.

다섯째, 여러 사람에게 같은 칭찬을 하지 말라.

여섯째, 상대방이 솔직함을 요구하더라도 절대 솔직하게 답하지 말라.

일곱째, 조언을 자주 구하라.

여덟째, 약점을 강점으로 승화시켜 칭찬하라.

2. 사람은 다 다르다

사람에겐 9가지 지능이 있다고 합니다. 논리수리지능, 음악지능, 신체지능, 봉사지능, 자연탐구지능, 언어사용지능, 대인관계지능, 공간지능, 자기이해지능이 그것이지요.

어린 나이에 피아노를 아주 잘 연주하는 피아노 신동은 음악지능이 높은 것이며, 수학천재는 논리수리지능이 높은 것입니다.

대한민국 부모님들은 보통 자녀들의 논리수리지능, 언어사용지능을 높이는 데 집중합니다. 국내 상위 대학의 입학 조건을 보면 국영수 내신 등급이 가장 중요하기 때문입니다.

파레토 법칙(Pareto Rule)이라는 것이 있습니다. 소득분포에 관한 통계적 법칙으로, 세상의 상위 20% 계층이 80%의 부를 갖는다는 것입니다.

구글의 설립자 페이지와 브린은 2007년 2월 기준 35조 원의 주식을 보유했습니다. 빌게이츠의 재산은 미국 하위소득계층 1.6억 명 소득과 맞먹습니다. NBA 하워드 선수의 7년 연봉은 1천만 달러로 미국 초등교사 평균급여의 3,267년 치라고 합니다. 엘비스 프레슬리는 죽어서도 연봉 4천만 달러를 넘게 받고 있습니다.

반면 지구상에 굶주리는 인구가 8억 명입니다. 하루 2달러로 연명하는 사람은 40억 명이라고 합니다.

우리나라의 경우 삼성, 포스코, 현대차 등 상위 5개사의 경상이익이 제조기업 전체의 41% 이상이고, 대한민국 전체 땅의 86%를 상위 5%가 소유하고 있습니다. 전체 빈곤층은 2006년 기준으로 832만 명이고, 근로 빈곤층도 410만 명이라고 합니다.

이러다 보니 부모들은 아이들이 상위 20%에 들어가기를 간절히 바랍니다. 종속되는 삶이 아니라 주도하는 삶을 살길 바라는 것입니다. 그런 부모의 희망을 만족시키지 못하는 아이들은 획일적인 대량생산의 교육시스템에 휩쓸려 살다가 성년이 된 이후에 많은 고통을 받게 됩니다. 남들과 차별화되어야함에도 불구하고, 획일적인 잣대 속에서 '깔아주는 인생'을 살아야 하기 때문입니다.

오늘날과 같은 공급과잉의 시대에는 절대적으로 자신이 잘할 수 있는 것을 해야 성공할 수 있습니다. 우리는 벤저민 프랭클린의 말에 귀를 기울일 필요가 있습니다.

"인생의 진정한 비극은 우리가 충분한 강점이 없는 게 아니라, 갖고 있는 강점을 충분히 활용하지 못하는 데 있다."

어느 날 제 막내아들 녀석이 스마트폰을 사달라고 했습니다. 어린 나이이기에 건강과 중독이 염려되어 거절하자, "이럴 거면 왜 나를 낳았어?"라는 말을 꺼내더군요. 그래서 저는 기다렸다는 듯이 마음속(!)으로 말했습니다.

"네가 원했잖아!"

사람이 세상에 태어나기 위해서는 5억 마리의 정자들과 경쟁해야 합니다. 5억 대 1의 경쟁을 당당히 이겨내고 1등을 해야 합니다. 그렇게 태어난 아이는 좋음과 싫음을 표현하고, 고집을 피우며 인생을 살아갑니다. 인생의 과정을 돌아보면 모두 다 자신 스스로의 선택에 의해 결정되었다는 것을 알게 됩니다.

결정적인 순간

애플의 창업자 스티브 잡스는 태어나자마자 미혼모인 어머니가 양육을 포기하여 기계공 부모에게 입양되었습니다. 1972년 포틀랜드의 리드 칼리지에 입학했지만 양부모님의 가정형편이 어려워 6개월 만에 그만두고, 1년 동안 캠퍼스를 하릴없이 돌아다니는 히피족 생활을 하며 마약에도 손을 댔습니다.

그러던 그가 1974년 인도 여행에서 돌아온 후 실리콘밸리의 젊은 기술자 워즈니악을 만나면서 조그만 기판 하나로 충분히 컴퓨터를 만들 수 있다는 사실에 충격을 받고부터 신화가 시작되었던 것입니다.

그러나 그는 거친 성격과 고집 때문에 자신이 만든 회사 애플에서 쫓겨났습니다. 다시 컴백할 때까지 그는 〈토이 스토리〉, 〈라따뚜이〉 등을 만든 픽사르(Pixar)라는 컴퓨터 그래픽 애니메이션 회사를 만들어 성공시키기도 했습니다.

세계적인 여성 MC 오프라 윈프리는 어려서 사촌오빠에게 강간을 당했고, 사생아를 낳았습니다. 방황하는 동안 마약을 했으며 체중이 100킬로그램에 달했었죠. 밑바닥 생활에서 성공하는 삶으로 옮겨올 수 있게 해준 것은 독서였습니다. 독서를 통해 감사하는 삶의 기적을 배우게 된 것입니다.

그녀는 자동차를 간절히 원하는 방청객 276명 전원에게 대당 3천만 원을 호가하는 폰티악 G6를 선물하는 이벤트를 벌여 전 세계를 놀라게 했습니다. 오프라 윈프리는 1억 명이 넘는 팬들에게, 좌절하지 않는 희망찬 삶이 어떤 결과를 가져오는지 확인시켜준 인물입니다.

미국의 버락 오바마 대통령도 청소년 시절 마약중독에 술고래였다고 합니다. 그렇게 어두운 삶을 살다가 '나는 누구인가?', '쓸모 있는 사람이 되고 싶다.'는 생각이 자신의 인생을 바꾼 계기가 되었다고 합니다.

정주영 전 현대그룹 회장이 18세 때 인천 부둣가에서 하역노동자로 일할 때의 일입니다. 합숙소에 있는 빈대 때문에 잠을 제대로 잘 수 없었습니다. 밥상 위에서 자도 물고, 밥상 다리에 그릇을 받쳐놓아도 물고, 결국 빈대가 올라오지 못하도록 그릇에 물을 채우니 빈대가 이젠 천장으로 올라가 몸 위로 떨어지며 접근하더란 것입니다.

그는 결국 '하찮은 빈대도 물이 담긴 양재기라는 장애물을 뛰어넘기 위해 그토록 전심전력으로 연구하고 노력해서 제 뜻을 이루는데, 하물며 인간이 이루지 못할 것이 무엇이 있겠는가?' 라는 생각에 이르게 되었던 것입니다. 그때부터 정주영 회장의 그 유명한 말인 "해보기나 했어!"라는 철학이 탄생한 것입니다.

뮤지컬 〈에비타〉로 유명한, 아르헨티나의 영웅적인 대통령 후안 페론을 만든 여인 에바 두아르테를 아십니까?

나이트클럽 댄서로 출발해 살기 위해 남자들 품을 전전했던 그녀가 대통령의 부인이 된 후 180도 변해 "나는 다른 사람의 꿈이 실현되는 것을 지켜보기 위해 내 꿈을 접었습니다. 나는 온몸을 바쳐 여러분 모두를 미래의 행복으로 이끄는 다리 역할을 하겠습니다. 나를 밟고 지나가세요."라고 말하면서 가난하고 병든 사람들을 위한 봉사의 삶을 살아가게 됩니다.

결국 아르헨티나 국민들은 그녀에게 감동했고, 그녀의 이름이 인쇄된 유니폼, 현수막, 홍보물이 나라 안에 물결쳤습니다. 그녀는 비록 33세의 나이에 암으로 세상을 떠났지만, 그녀의 이름은 아직도 아르헨티나 국민의 가슴에 남아 있습니다.

일본 재계의 신(神)으로 불렸던 마쓰시타 고노스케 회장은 '긍정'의 대표적 아이콘입니다. 그는 가난 '때문에'라고 탓하지 않았습니다. 오히려 가난 '덕분에' 평생을 절약했고, 배우지 못한 '덕분에' 남보다 더 공부에 관심을 두었으며, 몸이 약했던 '덕분에' 조심하며 살아서 95세까지 장수했습니다.

스티브 잡스의 결정적인 순간은 워즈니악과의 만남이었고, 오프라 윈프리는 독서였으며, 정주영은 빈대였고, 마쓰시타 고노스케는 가난이었습니다.

누구에게나 결정적인 순간은 있습니다. 언제인가가 문제일 뿐입니다. 따라서 '그 누구도 내 인생을 망칠 권리가 없다'는 것을 자각하는 것이 절대적으로 필요합니다.

강호동은 천하장사 씨름선수였습니다. 씨름판에서 이만기와 겨루는 장면을 보면 한 마리 야생 호랑이처럼 사나웠지요. 그러나 지금 대한민국 최고의 MC가 되었습니다. 그의 모습을 보면 항상 웃고, 긍정적인 말을 하고 있습니다.

유재석, 안성기, 이효리 등 수많은 인기 연예인들의 모습을 보세요. 다들 웃는 모습이 환상적입니다. 그 가식 없는 모습 속에서 진솔함과 함께 친근함을 느낄 수 있는 것입니다.

미국의 제40대통령 레이건

결정적인 순간을 크게 분류하면 세 가지라고 합니다. 그리고 보통 이 세 가지를 순서대로 겪게 됩니다.

첫 번째, 인생의 밑바닥을 경험했다.
두 번째, 인생의 귀인을 만났다.
세 번째, 감사하며 긍정적으로 살았다.

1. 긍정은 성공의 꽃을 피게 한다

예로부터 어른들은 "긍정적으로 살아라. 웃으면 복이 온다."라는 말을 귀가 닳도록 하셨습니다. 아무리 추운 겨울이더라도 얼음 밑으로 물이 흐르고, 밤이 깊을수록 별이 더욱 빛

나듯, 씨앗이 꽃을 피울 수 있었던 것은 봄이 올 것을 의심하지 않았기 때문입니다.

하루야마 시게오는 1940년 일본에서 출생한 한국인 2세로, 한의학 가문에서 태어나 8세에 침술사 자격증을 취득한 수재입니다. 그는 동경대 의대를 졸업한 후 서양의학과 동양의학을 융합한 치료를 개발한 것으로 유명합니다.

그가 저술한 『뇌내혁명』을 보면 현재 의사들이 실제로 고칠 수 있는 병은 20% 정도밖에 안 된다고 합니다. 현재 700조 원의 의료비 중 80%는 무의미한 비용이라는 것이죠. 인간은 자신의 체내에 모든 질환에 대한 방어기능을 갖추고 있으며, 그 비밀은 인체 내 호르몬이라고 주장합니다.

인간의 뇌는 자극에 여러 가지 호르몬, 일명 '천연마약'을 분비하면서 반응한다고 합니다. 뇌의 무게는 보통 1.4kg 정도지만 인체에서 사용하는 산소의 15~20%를 소비하며 쉴 새 없이 정보를 분석하고 명령합니다.

기쁠 땐 β-엔도르핀, 흥분될 땐 도파민, 감동할 땐 다이돌핀, 슬플 땐 아드레날린, 노르아드레날린을 분비합니다. 도파민, 엔도르핀 등은 면역력을 높이고 백혈구와 반응하여 암세포를 공격하며, 아드레날린 계통은 활성산소를 분출하면서 독성물질을 생성합니다. 흔히 말하는 헤로인 등 중독성 불법 마약은 인체에서 스스로 만들어지는 천연마약의 생산을 중단시켜 인체에 독이 됩니다.

중요한 것은 자극에 대한 슬프고 기쁘고의 판단은 인간 스스로 선택하는 것입니다. 긍정적인 사고의 중요성이 여기에 있는 것이죠.

생리학자들이 조사한 결과 사람들은 70~80%는 부정적인 발상을 하게 된다고 합니다. 현재의 안정에 대해 집착하기 때문이죠.

긍정적인 생각을 높이는 방법으로는 의도적으로 β-엔도르핀이 많이 방출되도록 식사, 운동, 명상 세 가지를 행하라고 말합니다.

뇌파가 α파 상태일 때 β-엔도르핀이 많이 발생됩니다. 명상은 뇌파를 α파 상태로 안정화시킬 수 있으며, 생각을 멈추고 비우는 과정을 통해 긍정적 사고를 하는 데 도움을 줍니다.

식사는 고단백, 저지방 천연, 발효 음식을 권합니다. 비만이 현대인의 적이라고 하지요. 먹거리가 너무 과다하게 생산되면서 불필요하게 체내에 축적되는 것인데, 혈행(血行)을 방해하는 주된 원인이라는 것입니다.

그리고 30세 이후엔 과격한 운동을 하지 말라고 합니다. 활성산소가 인체 내에서 과다하게 발생하기 때문인데, 흔히 쇠가 녹슬거나 음식이 부패하는 것이 공기 중의 산소와 반응하면서 산화하기 때문이라는 것입니다.

인체도 활성화된 산소가 산화를 촉진하여 독소를 만든다고 합니다. 그래서 체조, 걷기 등의 운동을 권합니다. 몸의 지방을 빼는 것도 과격한 운동보단 가벼운 운동이 효과가 크다고 합니다. 산소가 효과적으로 지방과 반응하여 연소되기 때문이며 운동선수들이 일반 사람들보다 수명이 짧다고 합니다.

이미숙 수녀님의 『그러니까 웃어요』는 웃음의 마력에 대한 이야기입니다.

미국 캘리포니아주립대 알버트 메라비언 심리학 교수는 말하는 사람이 듣는 사람에게 전달하는 이미지에 대해 실험했습니다. 실험 결과 말하는 사람에 대한 이미지의 55%는 상대의 얼굴 표정에서 받았고, 38%는 목소리, 7%만이 말의 내용이었다는 것으로, 대화를 할 때 상대방이 받아들이는 내 이미지의 93%는 얼굴 표정과 목소리가 어떤가에 달렸다는 것이었습니다.

미국 디트로이트의 웨인주립대 어니스트 아벨 교수팀은 사진 속 미소와 수명의 관계를 알아보기 위해 230명의 사람들을 세 분류로 나누어 조사했습니다.

첫 번째는 진지한 표정으로 차분하게 카메라를 바라보는 사람, 두 번째는 입가에 약간의 미소를 보이는 사람, 세 번째는 입과 양 볼이 올라가고 눈까지 움직이며 함박웃음을 짓는 사람으로 구분해서 이들의 평균수명을 조사한 것입니다.

첫 번째 부류의 평균수명은 72.9세, 두 번째 부류의 평균수명은 75세, 세 번째 부류의 평균수명은 79.9세였다고 합니다.

세상에는 그냥 웃기만 했는데 복이 오더라고 고백하는 사람들이 있습니다. 병이 나았다는 사람도 있습니다. 웃으세요. 긍정적으로 생각하면서 소식과 운동을 통해 즐겁게 산다면 백약이 필요 없다는 것입니다.

2. 운(運)도 분명 있다!

한국에서 불황 없는 직업이 있다고 합니다. 그것은 바로 점술가, 운명 컨설턴트입니다.

이정일 님은 아주 어려서부터 운명학에 관심이 많아 공부해왔으며 명문대학, 대학원을 졸업하고서도 4만여 명의 운세를 분석하고 컨설팅하는 일을 해왔습니다. 그리고 자신의 경험을 토대로 『오래된 비밀』이라는 책을 냈습니다.

젊지만 매우 당찬 이 여성의 '운(運)의 원리'는 우리가 삶을 대하는 태도에 대하여 많은 생각을 하게 합니다.

이정일 님은 인간사 모든 일이 마음먹기에 달렸다는 말을 반복합니다. 모든 것은 뿌린 대로 거두는 것이며 행운도 준비된 자, 행동하는 자에게 생긴다고 합니다. 변화를 긍정적으로 받아들이라고 합니다. 변화는 행운이며 감사할 일이랍니다.

『아웃라이어』, 『티핑 포인트』 등으로 유명한 말콤 글래드웰도 "운은 성공하는 사람들에게 매우 중요한 인자"라고 했습니다.

운이라는 것은 명리학에서는 사주팔자라고 합니다. 음양오행에 따라 우주와 인간이 연결되어 있음을 밝히고, 부족한 부분을 이름, 색, 풍수 등으로 채워 균형을 맞추자는 것이 명리학입니다. 없던 복을 불러오는 것이 아니며, 사주팔자에 부족하여 생기는 위험에 대비하기 위해 준비하라는 것입니다.

아무리 용한 점술가라도 100% 정확하게 운명을 맞추는 것은 불가능하다고 합니다. 운명도 변하기 때문입니다. 운은 보통 8~12년 주기로 바뀐다고 합니다. 일반인은 보통 10년의 전성기를 갖게 되지요. 그래서 한 사람에게만 좋은 운이 계속되지 않는다고 합니다. 불운도 마찬가지죠.

몇 가지 이유로 인생이 바뀔 수 있겠지만 성공에 대해 설명할 순 없습니다. 바로 성공에는 운도 분명히 따른다는 것이지요!

다시
창업하라

Part 2

성공하는 삶

성공이란 무엇인가

인생에 있어 성공이란 무엇일까요?

기업에 있어서 성공이란 무엇인가요?

여러분은 성공의 본질에 대하여 고민해본 적이 있나요?

사람마다 성공에 대한 정의를 다르게 말합니다.

어떤 사람은 부자가 되는 것이고, 어떤 사람은 높은 지위에 오르는 것입니다. 어떤 사람은 자신의 재능을 베풀며 사는 것이라 말하고, 어떤 사람은 존경받는 삶을 성공이라고 말합니다. 그리고 어떤 사람은 망설이지 않고 출세라고 말합니다.

억울하면 출세하라는 말이 있듯이 출세는 약간 권력에 치중된 부정적인 뜻을 풍깁니다만, 어쨌든 사람들은 출세하려고 합니다.

왜 그럴까요? 출세하면 게임의 룰(rule)을 바꾸는 위치에 서기 때문입니다. 상대적으로 투명성이 낮은 대한민국 같은 나라에서 살면서 억울한 일을 당하지 않는다는 것입니다.

'출세'의 사전적 의미는 세상에 이름을 떨치고 높은 지위에 오르는 것입니다.

이문열의 『우리들의 일그러진 영웅』, 황석영의 『아우를 위하여』는 학교라는 작은 울타리 내에서 '출세'로 상징되는 반장이라는 권력을 둘러싼 이야기입니다.

남규홍 PD의 『출세만세』에는 전직 장관이었던 한 분이 대통령에게 임명장을 받을 때 왜 그렇게 고개를 숙였는지 지금 생각해보면 창피하다고 고백하는 내용이 나옵니다.

고인이 되신 김대중 전 대통령도 '권력자를 만나면 어찌나 무섭던지……'라며 회고록에 남겼습니다.

이렇듯 우리는 성공에 대해서 매우 다양한 생각을 갖고 있습니다.

그러면 성공학에서 말하는 성공의 정의는 무엇일까요?

성공학에서 가장 대표적인 이론을 말하면 매슬로(Abraham Harold Maslow)의 5단계 욕구 이론을 들 수 있습니다. 인간 심리학자인 매슬로는 사람의 욕망에는 5단계가 있다고 했습니다.

1단계는 먹고 배출하는 생리적 욕구, 2단계는 자신의 생명을 지키려는 안전에 대한 욕구, 3단계는 자신의 존재감을 확신하려는 소속감과 사랑에 대한 욕구, 4단계는 좀 더 높은 자존감의 단계인 인정받으려는 욕구, 5단계는 최고의 단계인 자아실현의 욕구입니다.

맛난 것을 먹고, 예쁜 여자와 사랑하고, 돈을 많이 벌어서 좋은 외제차, 좋은 집을 사겠다는 1, 2단계 하위 욕구로는 최상의 만족을 얻을 수 없습니다. 그래서 돈을 어느 정도 번 사람들은 정치인이 되어 명예를 얻는 4단계로 다가섭니다. 그러나 이런 목적으로 정치에 입문한 분들이 결국 문제를 일으키는 경우가 허다합니다.

매슬로의 5단계 욕구의 최상위에 있는 자기실현의 욕구를 충족시키지 못하면, 그 어느 단계의 욕구를 충족시켰더라도 갈증을 느끼게 됩니다. 즉, 소중하게 간직하고 있는 '자아실현'의 꿈에 다가설 때 사람은 최고의 행복과 성취감을 느끼게 되는 것입니다.

꿈을 가져라

2008년 미국의 컬롬비아대학교 김승기 박사의 「한인 명문대생 연구」라는 논문의 내용을 보면, 1985년부터 2007년까지 미국 명문대에 입학한 한인 학생 1,400명 중 학업을 포기하고 자퇴한 학생의 비율이 44%였다고 합니다. 이는 미국 학생 34%, 중국 학생 25%, 인도 학생 21%, 유대인 학생 13%에 비해 매우 높은 수치였습니다.

아울러, 하버드대학교에서 낙제하는 동양계 학생 중 90%가 한국인이라는 불명예스러운 통계도 나왔습니다. 이러한 이유는 한국 학생들이 장기적인 목표, 꿈이 없기 때문이라고 했습니다.

"내게 더할 나위 없이 완벽한 삶이란 어떤 삶인가?"

밥 버포드가 『하프타임』에서 물질을 좇아서 평생을 방황하는 사람들에게 던지는 질문입니다.

밥은 이기고 지는 경기 말고 다른 경기가 있으며, 또 다른 경기장에서 수많은 다른 경기가 펼쳐지고 있다는 사실을 말해줍니다. 밥은 어머니에게 물려받은 방송국이 잘 성장해서 돈도 많이 벌었지만, 어느 순간에 성공 공황을 경험했던 것입니다. 돈은 많았지만 행복하지 않았던 것이죠.

밥은 물질을 좇아 살아온 시간이 전반부라면, 인생의 후반부는 다르게 살라고 조언합니다.

당신에게 지금 당장, '어제의 일 중에서 가장 의미 있었던 일이 무엇인가?' 라고 물었을 때, 아무것도 떠오르는 것이 없다면 당신은 어제 하루를 의미 없이 보낸 것이라고 말합니다. 밥은 우리에게 그렇게 하루하루 의미 없는 생을 살다 갈 것인지 묻습니다.

최고의 농구 선수였던 마이클 조던이 은퇴 후 마이너리그 2류 팀에 입단한 이유가 무엇이겠습니까?

지금은 고인이 되신 유일한 회장은 완벽한 삶을 사신 분이었습니다. 무덤에 만년필 한 개, 양복 세 벌, 구두 두 켤레만 달랑 갖고 간 그는 아무것도 못 갖고 가는 사람들보다 오히려 더 많은 것을 갖고 갈 수 있었습니다.

그는 부유한 상인의 아들로 태어나 9살에 미국으로 유학을 갔습니다. 청일전쟁으로 조선의 미래가 불안하자 아버지가 장남인 그를 미국으로 보내버린 것입니다. 혈혈단신 미국으로 건너가 온갖 고생을 하였고, 대학을 졸업한 후에는 국가와 민족에 대한 책임감으로 항일운동 자금을 마련하기 위해 사업을 하였고, 군대에 자원하여 들어가기도 했습니다.

그분이 사업을 한 것은 본인이 잘 먹고 잘 살기보다 나라의 독립을 위해 돈이 필요하다는 생각에서 시작한 것입니다. 그는 20여 년 만에 한국에 돌아와 유한양행의 전신인 주식회사 유한을 만들었습니다.

그 당시 정권은 비자금을 독촉하고 협박하기도 했지만, 유일한 회장은 회사를 포기하더라도 부도덕한 정권에 야합하길 거부했습니다. 그는 오히려 교육사업을 준비했습니다. 중장기적으로 국가가 발전하려면 인재양성이 중요하다고 생각했고 유한대학을 설립했습니다.

또한 그는 딸에게는 대학까지 졸업할 적은 돈과 유한공원을 만들 땅을 남겨주었지만 아들에겐 아무것도 남겨주지 않았습니다.

"기업의 소유주는 사회이다. 단지 그 관리를 개인이 할 뿐이다."라고 생각했던 유일한 회장. 자신에겐 철저히 구두쇠였

지만 가정부에게까지 주식을 나눠줬던 꿈이 선명한 박애주의
자였습니다.

민간외교관 반크(VANK)의 탄생 스토리를 아시나요?

설립자 박기태 단장은 IMF 때 취업을 위해 영어공부를 하
다가, 여행이나 어학연수 등을 하기에는 경제적으로나 시간
적으로 여건이 어려운 한국의 대학생들을 위해 펜팔 사이트
를 만들었습니다.

2002년 월드컵을 앞두고 교육청에서 영어과목 수행평가의
일환으로 인터넷 해외펜팔을 권장했던 적이 있습니다. 이것
이 기회가 되어 회원 수가 7만 명이 넘는 유명한 사이트로 성
장했습니다.

당시 우리나라에서는 일본의 독도문제, 중국의 동북공정
문제가 사회적으로 이슈화되고 있었습니다. 박기태 씨는 이
사이트를 통해 중국, 일본의 역사 왜곡 문제를 해외 각국의
펜팔 친구들에게 알리고자 했습니다. 그러던 중에 뜻이 같은
가수 김장훈 씨가 전화를 걸어와 자금 지원을 약속하고, 캠페
인을 함께하자고 제안한 것이 지금의 대한민국 민간외교관
반크(VANK, Voluntary Agency Network of Korea)로 성장하게 된 것입
니다.

반크는 세계은행의 세계지도에 한국이 중국 영토로 표기된 것, 동해가 일본해로 표기된 것, 독도 문제 등을 지속적으로 각 나라, 정부, 단체, 출판사, 포털 등에 문제 제기해왔습니다.

이러한 노력의 결과로 10여 년 전 3%에 불과했던 동해 병기는 이제 24%까지 증가했습니다. 국가에서도 제대로 하지 못했던 일을 민간단체가 해낸 것입니다.

박지성 선수는 초등학교 때 아버지를 졸라서 축구에 입문했습니다. 수원시에 있는 삼일공고를 졸업하고, 자신을 받아주는 대학이 없어서 명지대학교 테니스부로 입학했습니다. 그는 남들의 말에 일희일비하지 않았다고 합니다. 그는 '나는 유명해지고 싶지 않다. 나는 내가 하고 싶은 축구를 그저 할 뿐이다.' 라며 자신의 꿈을 묵묵히 지켜나갔습니다. 그 당시 주위에서 박지성 선수에게 축구가 당신에게 무엇이냐고 물었을 때 "축구는 내가 살아 있는 이유"라고 당당히 말했습니다.

엄홍길 씨는 히말라야 16좌를 완등한 세계 최고의 산악인입니다. 그는 산에 왜 가느냐고 물으면 "그냥 미치도록 좋아서"라고 대답합니다. 심지어 죽음이라는 것도 어느 순간 두렵지가 않게 되더라고 말합니다.

베스트셀러 작가 이외수 씨는 어느 분야에서든 상위 10%

안에 들면 먹고살 걱정은 없는데, 사람들이 젊었을 때 남들 하는 것 따라하느라 허송세월을 보내고 있다고 한탄합니다. 그는 젊은이들에게 '미치도록 하고 싶은 것을 하라' 고 조언합니다.

버락 오바마가 혼혈임에도 불구하고 미국 역사상 최초로 대통령이 된 것은 그의 담대한 꿈이 미국 국민을 흥분시켰기 때문입니다. 위대한 미국, 존경받는 미국, 행복한 미국을 만들겠다는 그의 위대한 꿈에 미국인들은 감동을 받았습니다. 오바마가 자신들이 꿈꾸는 사회를 만들어줄 수 있다는 희망에 지지의 표를 던진 것입니다.

오합지졸 나폴레옹의 군대가 알프스를 넘어 이탈리아를 공격할 수 있었던 것도, 병사들에게 금은보화가 있는 신천지를 개척하자는 꿈을 제시했기 때문입니다.

즉, 성공은 자신이 죽기 전에 꼭 하고 싶었던 것, 그 꿈을 실현하는 것입니다.

제 페이스북 친구인 데니스 홍 박사를 보면 아주 불타는 열정으로 매일 즐겁게 사는 모습을 볼 수 있습니다. 홍 박사는 『로봇 다빈치, 꿈을 설계하다』에서 자신의 꿈을 말합니다.

"내가 잠을 자지 않고 새벽까지 공부하며 일하는 이유는, 자다가도 아이디어가 떠오르면 벌떡 일어나 껑충껑충 연구실로 달려가는 이유는, 지칠 대로 지쳐도 항상 어린아이처럼 눈을 반짝이며 주위를 두리번거리는 이유는, 전 세계를 누비느라 시차에 시달리며 강연과 회의를 하면서도 미소를 잃지 않는 이유는, 학생들과 얼굴이 벌게지도록 토론하면서 신나는 이유는, 로봇을 만들고 기술을 개발하는 일이 너무나도 재밌고 신나는, 나의 즐거움이기 때문이다."

가슴 설레는 그 꿈!

인생에 있어 진정한 성공은 그토록 원하던, 당장 내일 죽더라도 오늘 꼭 해보고 싶은 그것, 바로 꿈을 이루는 것입니다. 허황된 꿈을 꾸고 있다고 비웃지 마세요. 역사상 가장 위대한 혁신은 사소한 것에서 출발했습니다. 알고 보면 사소한 일이란 없습니다.

제가 신념처럼 마음에 담아둔 문장이 있습니다. 이 문장을 읽을 때마다 저의 심장은 폭주하는 기관차처럼 꿈을 향해 달리고, 지치고 힘들어 포기하고 싶을 때는 무한의 에너지를 리필해줍니다.

"지금 내 주위에 있는 모든 것은, 과거 그 누군가의 간절히 원했던 꿈이었다."

우리가 편하고 청결하게 생리적 해결을 할 수 있는 것, 수백 킬로미터에 달하는 거리를 두세 시간 만에 여행할 수 있는 것, 깨지도록 아픈 두통에서 해방될 수 있는 것 등 주위의 그 모든 위대한 발명들은 누군가의 간절한 꿈에 의해 이뤄진 결과입니다.

혁신은 이렇듯 자신이 하고 싶은 것을 할 때 손쉽고 자연스럽게 일어납니다. 그래서 리더는 조직원들의 혁신을 유도하기 위해서 그들에게 명확한 꿈과 비전을 제시하고 꿈과 열정에 에너지를 공급해야 하는 것입니다.

"강한 신념은 행동을 만들고, 행동이 습관이 되고, 습관은 성공을 이끈다."

지금 꿈이 있으신가요? 부자가 된다거나, 다이어트를 하고 싶다거나, 새로운 차를 사고 싶다거나, 어학을 잘하고 싶다거나, 더 넓은 집으로 이사를 가고 싶다는 등의 바람도 괜찮습니다.

어떤 사람들은 그 바람을 이루어내지만, 많은 사람은 그냥 꿈으로 마무리하고 맙니다. 그 꿈, 바람을 이룰 가능성이 얼마나 되는지 예측할 수 있는 'DVP 법칙'이라는 것이 있습니다.

D는 불만족(Dissatisfaction), V는 미래 모습(Vision), P는 계획(Plan)을 말합니다. 각각은 최소 1부터 최대 10점까지 점수를 줄 수 있습니다.

예를 들어, 현재의 불만족(Dissatisfaction)이 과체중이라면 어느 정도 간절히 다이어트를 원하는지를 1점에서 10점까지 점수로 매기는 겁니다. 그리고 살을 뺀 뒤의 미래 모습(Vision)을 상상하며 얼마나 만족할지 1점에서 10점까지의 점수를 줍니다.

마지막으로 지금 현재 미래의 꿈을 달성하기 위한 계획(Plan)이 있는지를 1점에서 10점까지 점수를 매겨보십시오.

세 점수를 곱해서 60점 이상이라면 당신은 꿈을 실현할 가능성이 매우 높다고 합니다.

꿈을 가로막는 장애물

1. 머리가 나빠서?

사카모토 게이치는 『머리 좋은 사람이 돈 못 버는 이유』에서 성공이냐 실패냐를 좌우하는 열쇠는 'What'이 아니라 'How'에 달려 있다고 했습니다.

99℃의 물과 30℃의 물은 둘 다 같은 물입니다. 물이 수증기가 되기 위해선 100℃가 되어야 합니다. 그렇기 때문에 포기하지 않는 노력과 끈기가 필요하다는 것입니다.

아인슈타인은 다섯 살까지 말을 못 했고, 여덟 살까지 글을 못 읽고, 퇴학당하고, 대학도 겨우 들어갔습니다. 파스퇴르는 화학과목에서 22명 중 15등을 하는 아주 평범한 학생이었습니다. 에디슨도 학교에서 적응을 못 한다는 이유로 어머니가 집에서 교육을 시켰었습니다.

목표를 이루기 위한 전략 수립에 시간과 노력을 아끼지 말아야 합니다. 속도는 빠르지만 방향이 틀렸다면 목표에 절대 도달할 수 없는 것입니다.

저는 가끔 제 아이들에게 꿈을 물어봅니다. 꿈이 있는 큰아이, 아직은 잘 모르겠다고 주저하는 막내아이, 이렇게 둘을 키우고 있습니다. 큰아이는 자신의 꿈이 명확하기 때문에 관련자료 및 경험을 쌓으려고 무던히 노력하며 살고 있습니다.

반대로 아직 꿈이 명확하지 않은 막내아이는 의욕이 형과 같진 않습니다. 물론 어릴 적 꿈이란 것이 성장하면서 변할 수 있다는 것을 알려줍니다만, 꿈을 갖는다는 것이 그렇게 쉽지는 않습니다.

자신이 잘할 수 있는 분야를 찾기 위해서는 매일 빈 A4용지에 관심이 있는 분야를 10개 이상씩 한 달간 써보라고 합니다. 한 달 후 30장의 종이를 한데 모아 제일 많이 들어간 단어를 골라내면 그 단어가 현재 상황에서 가장 적합한 꿈이라고 합니다.

그러나 이 방법도 제 막내아이에게는 별 관심거리가 못 되었습니다. 그러다가 김인숙 수녀님의 『너는 늦게 피는 꽃이다』를 보면서 우리 아이들에 대하여 인내와 사랑으로 기다려

주어야 하는 것이 어른들의 의무임을 다시 느껴봅니다.

교육(Educare)의 원래 뜻은 '밖으로 이끌어내다' 라고 합니다. 지식을 넣는 것이 아니라 재능을 찾아주는 것이고 기다려주는 것입니다.

2. 대기업을 이길 수 없다?

창업 초기의 기업에서부터 많은 중소기업이 대기업의 벽을 넘지 못할 것이라고 생각합니다. 그러나 마이크로소프트(MS)사는 IBM의 OS-2와 경쟁하여 승리하였습니다. 구글(Google)은 야후(Yahoo)를 이겼으며, 인텔은 GE을, 도요타는 미쓰비시를 넘어서고 최고의 기업으로 성장했습니다.

규모가 클수록 급작스런 위기에 무기력하게 넘어지는 것이 세상의 이치입니다. 그 옛날 맘모스, 공룡이 살아남지 못한 이유도 덩치가 너무 컸기 때문입니다. 대한미국이 IMF의 구제 금융을 받는 기간 동안 국내 1위부터 5위까지의 은행들이 다 문을 닫았습니다.

대기업을 이길 수 없다는 생각은 대기업이 움직이는 길을 가려 하기 때문입니다. 과감하게 다른 길을 공략해보세요.

이제는 시장에 대한 생각을 글로벌하게 바꿔야 합니다. 국내 시장을 먼저 공략해야 한다는 것도 선입견입니다. 마케팅도 오프라인에서 온라인으로 급격히 변하고 있습니다. 게임의 룰이 바뀔 때 큰 기회가 오는 것입니다.

벤처 1세대로 대표되는 이민화 씨는 대한전선 연구원으로 근무하다가 KAIST에서 공부를 다시 시작했고, 초음파 진단기 개발 프로젝트를 진행하다가 상품화가 잘 안 되자 자신이 직접 창업한 회사가 메디슨이었습니다.

그 당시 세계 최강의 의료기 메이커는 GE, 지멘스, 필립스 등으로 한국에는 삼성 GE가 있었습니다. 막강한 글로벌 기업들을 제치고 신생 기업이 보수적인 의료시장에 진입한다는 것은 계란으로 바위 치기였습니다.

기존 글로벌 대기업들과 경쟁하기 위해선 새로운 기술로 승부해야 했습니다. 그것이 바로 3차원 초음파 진단기였습니다. 게임의 룰을 만드는 자가 승리합니다. 그래서 3차원 초음파진단학회를 만들어 학회를 주도하면서 임상 응용의 아이디어를 제공하여 시장의 선순환 구조를 만들었던 것입니다.

3. 가격이 싸야만 한다?

유대인들이 대리점을 경영할 때 한 가지 이상한 점이 있다고 합니다. 대리점이 상품을 많이 팔수록 본사에선 상품의 가격을 높인다는 것입니다. 본사의 설명에 따르면 초기에 대리점이 시장을 개척하는 데 마케팅 비용이 많이 들기 때문에 본사의 마진을 줄이지만, 점차 판매량이 늘면 본사가 제대로 된 수익을 가져간다는 것입니다. 회사의 경영철학이 합리적으로 보이지 않나요?

윌리엄 파운드스톤은 『가격은 없다(당신이 속고 있는 가격의 비밀)』에서 손목시계의 가격을 예로 듭니다. 티멕스는 약 40달러, 스와치는 150달러, 까르띠에 탱크는 3천 달러, 로렉스 프레지던트는 약 3만 달러입니다. 5세 꼬마가 생일선물로 100달러를 받는다면 그건 큰 선물이지만 45세의 백만장자에겐 자존심이 상하는 선물일 수 있습니다. 가격 자체만으로 가치를 매겨서는 안 된다는 것이지요.

가격과 선호가 모순(Money Pump, Preference reversal)된다는 말들을 합니다.

다트 도박을 예로 들어보겠습니다. 다트 도박 방식에는 두 가지가 있는데 A도박은 5달러에 당첨될 확률이 80%이고, 꽝일 확률이 20%입니다. B도박은 40달러에 당첨될 확률이 10%이고, 꽝일 확률이 90%입니다. 두 다트 도박에 가격을 매겨보라면 보통 B도박에 높은 가격이 매겨집니다. 즉, 가격과 선호가 모순된다는 것입니다.

　종합선물세트, 끼워 팔기 상품이 그렇습니다. 필요하지 않은데도 소비자는 저렴하게 덤으로 얻는다고 착각합니다.
　아울러 건전지를 보면 다양한 브랜드의 건전지가 있습니다. 로케트, 벡셀, 에너자이저. 어느 블로그에서 가격과 성능을 비교한 것을 보았더니 가격이 가장 저렴한 벡셀이 가장 성능이 좋았습니다.
　소비자들은 가격이 품질과 비례한다고 믿습니다. 미모 프리미엄도 있습니다. 판매원의 인상이 좋으면 정직할 것이라고 생각하는 것처럼 말이죠.

4. 인맥이 가장 중요하다?

　한 번 만나서 나눈 명함은 가치가 없습니다. 인맥이 중요하다고 무한정 인맥을 넓히는 것도 바람직하지 않습니다.
　영업을 하는 제 친구는 거의 매일 술을 마십니다. 대리점 등을 관리하다 보니 술을 사주는 사람이 줄을 섰다고 합니다. 그러나 최근 중국산 저가 제품이 물밀듯 들어오면서 친구는 영업실적을 높이라는 회사 임원들의 지시로 무척 힘들어했습니다.

실적을 무리하게 올리려다 보니 대리점과의 관계가 점차 악화되었습니다. 그동안 평생 함께할 것 같았던 인적 네트워크가 위기 때 진가를 보여줍니다. 하나 둘씩 친구라 믿었던 사람들과 멀어지기 시작한 것입니다.

인맥이란 것은 기본적으로 실력과 신뢰를 기반으로 작동합니다. 그래서 인맥을 바라볼 때는 자기 자신을 먼저 성찰해야 합니다. 자신의 이익을 위해 관리하는 인맥은 유리로 만든 거대한 성과 같습니다.

행동하라

『파이프라인 우화』의 저자 버크헤지스는 현대인들이 시간적으로나 재정적으로 허덕이는 것이 부자들의 룰(Rule)을 모르기 때문이라며, 그 비밀은 바로 '파이프라인' 건설이라고 말합니다.

1. 오늘날 백만장자들의 80%는 자수성가한 사람들이다

어느 마을에 물지기 청년 브루노와 파블로가 있었지요. 브루노는 성실히 물을 길어 돈을 벌었지만, 파블로는 평생 물지기만 할 수 없다며 반나절만 일하고 오후부터는 강에서 마을까지 파이프라인을 묻는 공사를 2년에 걸쳐 꾸준히 했습니다.

브루노는 돈은 벌었지만 몸은 혹사되어 구부정해지고 약해져 물을 나르는 양도 차츰 줄었습니다. 반면, 파블로는 2년간 고생하여 완성한 파이프에서 자동으로 물이 나오기 시작하면서 사업도 자동적으로 확장되고 말년이 풍요로웠습니다.

하루하루 벌어 소비하며 사는 삶에는 미래가 없습니다. 미래의 꿈을 위한 투자에 하루의 일부를 투입해야 합니다. 행동해야 합니다.

임계점(critical point), 즉 티핑 포인트(Tipping point)를 넘겨야 성취감을 맛볼 수 있습니다. 앞서 말씀드렸듯이 물은 끓는 온도인 100℃ 미만에서는 끓지 않습니다. 100℃라는 임계점을 넘기기 위해 피나는 노력을 해야 합니다. 가득 찬 잔에 마지막 한 방울의 물을 더해야, 티핑 포인트를 넘어서야 잔이 넘칩니다.

미칠 듯이 간절한 꿈이 있는 사람은 누가 시키지 않아도 그 꿈을 위해 달려갑니다. 온몸의 질량을 태워 스스로 발화하며 임계점을 넘어섭니다.

김연아가 세계 최고의 스케이트 여왕이 되면서 다시 조명 받게 된 '2만 시간의 법칙'이 있습니다. 어느 분야에서든지 연습에 2만 시간을 투자하면 세계 최고가 될 수 있다는 법칙입니다.

2만 시간의 고난을 견뎌내고 최고가 된 사람들의 인내의 원동력은 자신의 간절한 꿈이었습니다. 그리고 그 꿈은 적어도 스스로에겐 세상에서 가장 중요했습니다. 삶의 이유였던 것입니다.

2. 같은 행동을 하면서 다른 결과가 나오길 기대하지 말라

말은 참 잘하는데 문서로 계획을 수립하거나 행동으로 보여 달라고 하면 회피하는 사람들이 있습니다. 그런 사람들의 이유를 들어보면 어떻게 해야 하는지 몰라서 그러는 경우가 대부분입니다.

모르는 것은 죄가 아닙니다. 알면서 행동하지 않는 것이 죄이지요. 이제부터 행동하는 방법, 매뉴얼을 공개하겠습니다.

아이디어를 샘솟게 하라

행동 없는 창의는 공상일 뿐입니다. 문제를 발견하고 해결하기 위하여 아이디어를 발상하는 방법과 실행하는 방법을 소개해드리겠습니다. 이 세상에 있는 대부분의 새로운 혁신 기술은 이 방법으로 등장했다고 해도 과언이 아닙니다.

아이디어를 발명하는 방법을 알면 아이디어가 샘솟는 것을 경험할 수 있습니다.

현재 세상에 소개되는 새로운 제품들, 기술들의 90%는 더하기(+) 기술입니다. 인라인 스케이트는 신발에 바퀴를 더한 것입니다. 최근 세상을 휩쓸고 있는 스마트폰도 새로운 것이기보다는 기존에 있던 기술과 제품을 융합한 제품일 뿐입니다.

융합은 혼자보다는 여럿이 함께할 때 그 위력이 발휘됩니다. 혼자서 모든 것을 완벽하게 할 수 없기 때문입니다.

"우리보다 더 나은 개인은 없다."

개인이 아무리 뛰어나더라도 여러 사람이 협력하여 만드는 팀워크를 이겨낼 수 없다는 뜻입니다.

팀워크를 극대화시킬 수 있는 방법은 다양한 의견을 통해 합의를 유도하고, 합의된 내용을 힘을 모아 이루는 것입니다. 말 한 마리는 2톤의 무게를 끌 수 있지만, 말 두 마리는 12톤을 끌 수 있습니다.

1. 모순을 관찰하라

먼저 관찰을 통해서 고객의 쓸데없는 행동, 불편을 감수하는 노력을 찾아내야 합니다. 고객 스스로는 잘 모르지만 습관대로 하는 행동일수록 그 가치는 더욱 진가를 발휘할 것입니다.

세계적인 디자인기업 IDEO의 대표 톰 켈리는 어린이들이 칫솔질하는 행동을 관찰했는데, 어린이들은 어른과 달리 주먹으로 칫솔을 잡는다는 것을 알아챘습니다. 이러한 행동에 착안하여 오랄비(Oral-B)라는 굵고 부드러우며 물렁한 느낌이 드는 새로운 칫솔을 개발하였으며 엄청난 히트를 쳤습니다.

P&G는 치약을 사용한 후 지지분한 찌꺼기가 남는 것을 보고 원터치 뚜껑을 개발하였으나 사람들이 낯설어하자, 한 번만 돌리는 뚜껑을 개발하여 9년간 단일품목으로 10억 달러 이상의 매출을 기록했습니다.

우리 주변에서 고객의 행동을 오해받지 않고 가장 잘 관찰할 수 있는 곳은 어디일까요? 가정과 회사입니다. 부모님, 아내, 아이들의 행동을 하루 종일 관찰하다 보면 무엇인가 하지 않아도 되는 행동, 불필요한 행동, 불편해하는 행동을 찾아낼 수 있습니다. 회사에서도 마찬가지입니다.

그렇다고 너무 진지하게 집착하는 모습을 보이면 오해받을 수 있으니 조심하시길.

2. 질문을 던져라

문제의 해결을 위해선 질문이 적당해야 합니다. 문제의 본질에 대한 올바른 이해가 필요한 것이죠.

암 치료제를 개발하기 위해 두 가지 질문을 할 수 있습니다. 기존의 항암제 개발 업체는 '암세포를 어떻게 죽일 것인가?'라는 질문을 통해 항암제를 개발했습니다. 그래서 일반 세포까지 공격하는 항암제의 부작용을 해결하지 못하였습니다.

그러나 임클론이라는 회사는 '암세포 증식을 어떻게 억제할 것인가?' 라는 다른 각도의 질문을 통해 접근했습니다. 그 결과, 항체가 비정상적으로 증식하는 암세포로 가는 시그널을 차단하는 C225를 개발하였던 것입니다.

문이 있는데 1,000명의 사람이 문을 열고 들어가려고 합니다. 그들은 전부 열쇠를 하나씩 들고 있습니다. 어떻게 막을 수 있을까요? 임클론은 열쇠 구멍을 막았던 것입니다. 임클론은 이렇게 간단한 질문과 아이디어를 통해 문제를 해결했습니다.

문제가 생겼을 때 '왜?' 라는 질문을 계속하다 보면 문제의 본질에 접근할 수 있습니다. 보통 여섯 번의 질문이면 된다고 합니다.

예를 들어 자동차 사고가 많이 나는 장소가 있습니다. 왜 사고가 많이 발생하는지 근본적인 원인을 알아야 제대로 된 대책을 세울 수 있습니다. 신호등을 설치하거나 속도 제한 카메라, 요철을 만드는 것도 좋지만, 비용이 동반되므로 효율적이고 효과적인 대처방안이 될 수는 없습니다.

질문: 왜 사고가 빈번할까?

대답: 사람들이 무단횡단을 많이 한다.

질문: 어떤 사람들이 주로 횡단을 하는가?

대답: 학생들이다.

질문: 왜 학생들이 무단횡단을 많이 하는가?

대답: 학교에는 매점이 없어서 길 건너 편의점으로 간다.

질문: 조금만 가면 횡단보도가 있는데 왜 무단으로 건너는가?

대답: 쉬는 시간에 나오기 때문에 시간적 여유가 없다.

이 정도면 앞에서 말한 대안보다 비용도 안 들어가고 효과적인 여러 가지 대안이 나올 수 있습니다.

질문이 많을수록 문제의 본질에 다가설 수 있습니다. 따진다고 나무라지 마세요.

3. 자유롭게 상상하라

문제를 해결하기 위해서는 다양한 의견을 모으는 과정이 중요한데, 이것을 가로막는 것이 고정관념입니다.

정주영 전 현대그룹 회장의 평소 철학이었던 "해보지도 않고 안 된다고 하지 마라."라는 말은 고정관념이 우리의 행동을 방해하는 것을 경계하라는 말입니다.

인도의 어린 코끼리 이야기를 아십니까? 조련사는 코끼리에게 서커스 묘기를 가르치기 위해 쇠사슬에 묶어놓습니다. 어린 코끼리는 탈출을 위해 필사의 노력을 하지만 아프기만 합니다. 결국 포기하고 말지요.

그렇게 코끼리는 자라나면서 그 작은 쇠사슬에 안주하게 됩니다. 7톤에 육박하는 육중한 몸무게의 어른 코끼리가 되어서도, 어려서부터 갖게 된 고정관념의 노예가 되어버린 겁니다.

발터 크래머의 『상식의 오류 사전』을 보면 우리는 얼마나 오래된 고정관념 속에서 우리의 삶을 코끼리처럼 한정시켜 왔는지 알게 됩니다.

· 에스키모들은 이글루에서만 생활한다.

· 건강한 사람은 병원에 안 간다.

· 별은 공 모양이다.

· 스테이크에서 피가 나온다.

· 세계에서 가장 높은 산은 에베레스트 산이다.

· 아인슈타인은 상대성이론으로 노벨상을 받았다.

· 사막에선 탈진으로 사람들이 죽는다.

· 원자력발전소 주변에선 방사능이 많이 나온다.

· 루브르박물관의 모나리자는 원본이다.

· 해바라기는 태양만 바라본다.

· 동물은 수컷이 암컷보다 힘이 세다.

· 광속은 일정하다.

다 틀린 말입니다. 에스키모들은 벽돌로 만든 집에서 삽니다. 지금 병원의 가장 중요한 수입원은 건강을 유지하기 위해 건강검진을 받으러 오는 사람들입니다. 별은 결코 둥근 모양만 있는 것이 아닙니다. 스테이크에서 나오는 빨간색의 액체는 단백질의 일종일 뿐 피가 아닙니다. 세계에서 가장 높은 산은 마우나케아 산입니다. 에베레스트 산은 해수면을 기준으로 했을 때 가장 높은 산입니다.

아인슈타인은 광전자 이론으로 노벨 물리학상을 받았으며, 사막에선 탈진보다 홍수로 인한 사망률이 더 높다고 합니다.

원자력발전소 주변보다 우주 공간에 방사능이 더 많으며, 루브르박물관 모나리자는 가짜입니다. 해바라기는 다 크면 더이상 해를 좇지 않고, 동물들은 암컷이 더 힘이 세다고 합니다. 광속은 빛이 이동하는 매질에 따라서 속도가 다릅니다.

구글 사무실 사진을 인터넷에서 보셨을 겁니다. 놀이터와 같지요. 많은 사람이 "일은 언제하고?", "그래서 일이 되겠어?"라고 말합니다.

제가 들은 바로는 구글의 업무량이 결코 적지 않을뿐더러, 자신이 맡은 일은 철저하게 책임을 완수해야 합니다. 다만, 구글은 직원들이 창의적인 사고를 할 수 있는 환경을 마련해준 것입니다. 회사 안에서 놀고 즐기며 일하게 함으로써 퇴근을 기다리게 하고 싶지 않았던 것입니다.

창의적 사고는 즐거움, 재미, 융합이 동반한다는 것을 알기 때문입니다.

개미가 베짱이를 무시할 수 있는 시대는 지나갔습니다. 이제는 베짱이가 개미에게서 돈을 버는 시대가 왔습니다. 베짱이처럼 자신이 좋아하는 일에 전력해야 먹고살 수 있습니다.

실제로 선진국으로 가는 과정은 산업의 구조가 제조업에서 서비스산업으로 비중이 높아지고 있습니다. 국내 디지털 콘텐츠 산업의 경우 매년 10% 이상의 성장률을 보이고 있으며, 2007년 산업규모가 10조 원을 넘어섰습니다.

창의력은 실패를 성공으로 만들기도 합니다.

오티스엘리베이터는 타 제품에 비해 속도가 느린 것이 치명적인 단점이었습니다. 이 문제를 어떻게 해결했을까요? 엘리베이터 안에 거울을 붙여놓으면서 해결되었습니다. 고객들이 거울을 보면서 속도에 관심이 없어진 것입니다.

보졸레 누보 포도주는 1년도 안 된 와인으로 옛날 같으면 와인 축에도 못 끼었습니다. 그러나 햇포도로 만들어 신선하다는 점을 강조하면서 성공하게 된 것입니다.

아디다스는 나이키와의 차별화를 통해 성공했습니다. 나이키가 유명한 스포츠 선수를 광고에 활용할 때 아디다스는 노인 마라토너에게 스폰서를 자청했습니다. "마라톤은 타인과의 싸움이 아니라 자신과의 싸움이다!"라는 카피를 통해 멋지게 최고의 스포츠 브랜드로 다시 올라선 것입니다.

재미있는 일화가 있습니다. 유럽의 한 농구대회 중 불가리아와 체코 팀 간의 경기에서 경기 종료 8초를 남기고 불가리아가 체코에 2점을 앞서고 있었지만, 토너먼트 경기대회가 채택하고 있는 순환제 규정으로 5점 이상으로 체코를 이겨야 다음 결선에 진출할 수 있었습니다.

여러분들이 불가리아 팀 감독이라면 어떤 전략을 세울까요? 3점 숏을 잘 쏘는 선수에게 주문을 할까요? 작전 성공을 확신하십니까?

다들 낙심한 순간, 불가리아의 감독은 자살골을 지시합니다. 선수들은 처음엔 의아해하다가 감독의 전술에 감탄하게 되었습니다. 경기는 연장전에 들어갔고, 팀은 승리했습니다.

우리의 말도 좀 창의적이면 어떨까요? 오래된 낡은 건물을 보면서 "전통을 느낄 수 있어서 좋습니다."라든가, 고집이 센 자신의 단점이 무엇인가를 물어보는 답변에 "집중을 하면 한 곳에만 몰입하는 경향이 있습니다."라든가, 선발로 활약하던 투수를 마무리 투수로 지명하면서 "자네가 매일 던지는 모습을 보고 싶네!"라고 한다면 어떨까요?

P&G는 직원들의 창의력뿐 아니라 외부의 아이디어를 적극 활용하여 성공적으로 사업하는 글로벌 기업입니다. 사내 연구원 7,500명의 아이디어로는 한계를 느끼고 외부 인사 150만 명의 가용한 아이디어를 활용하고 있습니다. 수명주기가 짧은 산업에선 장기 연구개발은 불필요하다는 것이 회사의 방침입니다.

P&G는 외부기업과 공동으로 '스핀팝'이라는 전동칫솔을 타사의 10분의 1 가격으로 개발하였으며, 이탈리아 작은 빵집의 식용잉크 분무기술을 인터넷으로 공개 모집하고 채택하여 감자 칩에 글씨를 새겨 넣은 프링글스를 출시하여 성공하였습니다. 이로 인해 2000년 대비 2005년에 연구개발비는 매출액 대비 4.8%에서 3.4%로 줄었지만, 순이익은 29억 달러에서 87억 달러로 3배 증가하였습니다.

빙산은 수면 밑으로 90%의 얼음이 있습니다. 사람들은 누구나 자신의 잠재된 능력을 인지하지 못하고 포기하곤 합니다. 그러나 어릴 적 베토벤은 바이올린 연주를 너무 못해서 음악 선생님은 그에게 훌륭한 음악가가 되는 것을 꿈도 꾸지 말라고 했었지요. 월트디즈니는 아이디어가 부족하다고 신문사 편집장에게 해고당했습니다.

4. 더하거나 빼라

대부분의 창의적인 제품들은 더하고, 빼고, 반대로 하고, 모양을 바꾸는 과정을 통해 세상으로 나옵니다. 인라인 스케이트는 바퀴와 신발을 더한 것이고, 좌변기는 일반 변기에 S자 튜브를 더한 것이며, 십자나사못은 일자나사못에 줄을 한 번 더 더한 것입니다. 이에 대해서는 제3부 '더하기의 마법'에서 자세히 다루도록 하겠습니다.

이와 반대로 현재까지도 노인층에게 사랑받는 실버폰은 필요 없는 기능을 뺀 것입니다. 무가당 음료는 설탕을 뺀 것입니다. 진공청소기는 선풍기 원리를 반대로 한 것입니다. 소니의 워크맨은 부피가 큰 오디오의 빈 공간을 뺀 것입니다.

이렇게 관찰하고, 질문하고, 더하고, 빼고, 반대로 하기를 통해 우리는 창의적인 생각을 현실로 만드는 것입니다. 〈뉴욕타임스〉가 발표한 최고의 발명품은 지퍼와 나사못이었습니다. 첨단기술이 들어간 반도체, 인공위성 등이 아니었습니다.

대한한국은 융합의 DNA를 갖고 태어났다고 합니다. 대표

적인 음식이 비빔밥, 김밥입니다. 우리 조상들은 식사를 할 때
도 융합의 기질을 발휘했던 것입니다.

어느 독일인이 우리나라의 김밥을 보고 감탄을 했다고 합
니다. 단무지를 가운데 넣은 것도 경이로운데, 흐느적거리는
시금치와 불고기까지 넣은 것을 보고 대한민국은 손기술이
역시 최고라고 극찬한 것이지요.

그런데 우리나라 민족의 유전적인 DNA가 과학적으로 밝혀
진 적도 있습니다. 1995년경 스위스 공대에서 세계 민족별 IQ
를 조사한 결과 1위가 홍콩, 2위가 대한민국, 3위가 일본, 4위
가 북한이었다고 합니다. 그 당시 홍콩은 지금 중국으로 편입
되었으니 세계에서 가장 IQ가 높은 나라가 대한민국이라는
것입니다.

문제는 그 논문의 결론이 '국가가 잘사는 것과 민족의 IQ
는 상관없다.' 는 것이었다고 합니다.

더하기의 마법

5. 실수를 환영하라

P&G의 아이보리 비누는 한 연구원의 실수에서 출발하였습니다. 그는 실수인지 장난인지 비누를 믹서기에 넣고 돌렸는데, 거품이 엉켜서 생긴 비누는 아주 가벼워서 물 위에 떴던 것입니다. 물 위에 뜬 비누를 본 다른 연구원은 그 말도 안 되는 엄청난 잔해 물질을 보고 나서 '순수해서 물 위에 뜨는 비누'를 착안해 아이보리 비누를 탄생시킨 것입니다.

이 에피소드를 듣고 나서 20여 년 전 제가 다니던 회사의 분위기였다면 어땠을까 상상해봤습니다. 먼저 선배들에게 실험실 정리 안 한다고 엄청 잔소리를 들었을 겁니다. 그리고 만약 그 당시 연구소장에게 걸렸다면 지옥을 무료로 체험해 보는 행운도 얻었을 겁니다. 그리고 지금의 이 책의 제목은 '다시 창업하라'가 아닌 '다시는 개기지 마라'가 아니었을까 싶습니다.

조르주 드 메스트랄이라는 스위스의 한 기술자는 등산 중에 온통 가시투성이인 도꼬마리 씨가 온몸에 달라붙는 것을 보고 현미경으로 관찰한 결과, 그것이 갈고리 모양인 것을 알아내어 벨크로를 발명했습니다.

듀폰은 자동차 타이어에 들어가는 철사를 대체하기 위해

케블라를 개발했지만 실패했습니다. 그 대신 이 섬유는 현재 항공, 방탄조끼, 헬멧, 보트, 밧줄 등에 사용되고 있습니다.

프라이팬, 등산복 등에 사용되는 테프론도 듀폰의 연구원이 실수로 개발한 것입니다. 냉장고에 사용되는 프레온가스를 개발한 GE가 엄청난 돈을 벌자, 듀폰에서도 이와 비슷한 냉매 가스를 개발하고자 했습니다. 어느 날 또다시 실패를 했습니다. 연구원들은 우연히도 그 반응기 내부를 보기 위해 톱으로 잘랐고, 물방울이 또르르 굴러다니는 코팅된 표면을 보게 된 것입니다.

소프트뱅크 손정의 회장은 신규 사업에 모든 정열을 쏟는 것으로 유명합니다. 성공 신화를 이룬 그도 실패를 많이 했었습니다. 놀라운 것은 그렇게 수개월 동안 집요하게 열정을 쏟아 부은 사업이 실패를 했을 때 놀라울 정도로 깨끗이 잊어버린다는 것입니다. 그는 실패가 성공으로 가는 과정이라는 것을 알고 있었습니다.

세상의 위대한 발명 중 많은 것이 실패에서 얻어졌고, 사소한 사건에서 발명되었습니다. 그래서 "알고 보면 사소한 것은 없다."라는 말이 있나 봅니다.

실수를 환영하라

　고객의 불편, 행동의 모순을 관찰하십시오. 그리고 그 모순의 본질을 해결할 수 있는 아이디어를 질문을 통해 자유로운 사고로 찾아보세요.

　해결방법은 '더하기의 마법' 속에 있습니다. 그 더하기의 마법은 실수가 많을수록 폭발적으로 강력해집니다.

갈등은 즐기고, 싸움은 말려라

오늘 아침 뉴스도 어김없이 싸우는 이야기로 시작합니다. 야당은 2012년 대통령 선거에 국정원이 개입한 증거가 드러났으며, 이는 확실히 국기문란에 해당하므로 국정조사 등을 통해 진상을 명명백백하게 밝혀 책임을 지우겠다고 합니다.

여당은 야당에서도 선거 기간 동안에 국정원 직원과 접촉한 사실이 있는 만큼 야당도 자유롭지 못하다고 주장합니다. 더군다나 여당은 대통령기록물관리법을 어긴 것이라는 논란까지 감수하면서, 노무현 전 대통령의 NLL 포기발언 공세로 수세 국면을 전환하려 하고 있습니다.

이명박 정부의 4대강 사업에 대해서도 아직까지 여파가 남아 있습니다. 국토부장관이 수자원공사의 부채를 줄이기 위해 물값 인상이 필요하다고 밝힌 것이 발단이 된 것입니다. 수많은 반대에도 불구하고 추진했던 4대강 사업과 경인운하 사업이 급증한 부채를 물값 인상으로 손쉽게 메우겠다는 의도로 비춰져 물의를 일으키고 있습니다.

수공의 부채는 4대강 사업 8조 원, 경인운하 사업 2조 원 등이 더해져 2008년 1조9623억 원에서 지난해 13조 원으로 급증했습니다. 사실, 법적으로도 이런 사업들로 인한 비용은 물값에 반영시킬 수는 없다고 합니다.

정치적인 싸움에 국민들은 한숨을 내쉬며 우리나라 정치현실에 대해 비판합니다. 정치에 입문하기 전에는 그렇게 명망도 있고 똑똑했던 사람들이 왜 정치판에 들어가면 이상하게 변하냐면서, 정치는 할 게 아니라고 말합니다.

그러나 우리의 삶을 돌아보면 매일매일이 갈등과 타협의 생활이란 것을 알게 됩니다. 층간소음으로 이웃과 갈등이 생겨 인명까지 해치는 경우도 흔치 않게 봅니다.

1. 삶 자체가 전쟁

2012년 2월 9일 뉴스를 보면 서울 면목동에 사는 김 아무개 씨가 아파트 위층에 사는 부모를 찾아온 형 김 모 씨(32), 동생(30)과 층간소음 문제로 말다툼 끝에 흉기를 수차례 휘둘러 김 씨 형제를 숨지게 했습니다. 이 여파로 당뇨로 투병 중이던 형제의 아버지(61)도 사건 발생 19일 만에 사망했습니다. 그리고 피의자 김 아무개 씨는 1년 뒤 무기징역을 선고받았습니다.

김 아무개 씨는 최후 변론에서 "어떤 변명이라도 죄를 용서받을 수 없다는 것을 안다. 결코 죽이려고 마음먹고 죽인 게 아니다."라면서 "유족 분들께 사죄드린다. 죽는 날까지 반성하고 살겠다."라고 말했습니다.

두 집안을 파탄 나게 한 층간소음 문제에 대해 최근 정부는 건축 규제를 만들고, 기업들은 새로운 소재를 출시하고 있습니다.

부모와 자식 간의 갈등, 부부간의 갈등, 직장 동료 간의 갈등, 경쟁사 간의 갈등 등 우리의 생활 주변에는 이렇게 남이 보기엔 사소한 문제로 목숨을 걸고 싸우는 경우가 허다합니다.

인류 역사를 돌아보면 전쟁의 역사였습니다. 중국의 전쟁 역사를 보면 일 년마다 한 번씩 전쟁을 했었다고 합니다. 그러고 보면 우리나라는 거의 전쟁을 안 하는 얌전한 민족이었던 것 같습니다. 기원전 삼국시대, 기원후 고려시대, 조선시대 등 한 왕조가 500년 이상 유지되었다는 것은 우리 민족이 전쟁을 좋아하는 민족이 아니었다는 것을 수치해석, 통계학적으로도 증명하는 것이지요.

2. 마지막 한 명이 남더라도 싸움은 끝나지 않을 것이다!

지금 우리는 싸움에 지쳐 있다고 말을 합니다. 그러나 결코 싸움은 끝나지 않습니다. 전 인류가 일대일로 맞짱을 떠서 마지막 한 명이 남더라도, 그 사람은 다른 생물들과 전쟁을 해야 할 것입니다. 그리고 인류는 종말을 맞이하겠죠.

결국 싸움이 끝난다는 것은 승리가 아니라 패배로 끝난다는 논리적 오류에 도달하게 됩니다.

종교에서는 사랑과 자비의 인류애를 요구합니다. 그러나 그 누구도 결코 싸움을 그만두지 않을 것이란 것을 알고 있습니다. 그렇다면 궁금한 점이 생깁니다. 싸움이 과연 나쁜 것일까요?

3. 싸움이 나쁜 것인가?

이어령, 송호근 등 12인의 지식인이 함께 지은 『인문학 콘서트 3』에서도 싸움에 대한 다른 시각이 필요하다고 말합니다. 흔히 조선이 패망한 것이 당쟁, 정치 싸움 때문이었다고 말하지만 잘못된 시각이라는 겁니다.

새는 양 날개가 있기에 날 수 있습니다. 부패한 권력으로 나라가 망하는 것이지, 건전한 견제와 싸움은 민주주의를 강하게 합니다. 조선 말기 고종과 민비는 개혁을 원했지만 부패한 정치권력에 의해 추진할 수 없었습니다.

그 당시 김옥균, 박영효, 서재필 등의 나이는 대부분 20대였습니다. 이들이 개혁을 주장한 것은 든든한 고종의 후원 없이 불가능했다는 것입니다. 우리나라가 광복과 해방을 통해 지금에 이르기까지 수많은 우여곡절이 많았습니다. 기적에 가까운 성장통을 겪었던 것입니다.

분단은 소모적인 경쟁을 유도했지만 경제발전의 원동력이기도 했습니다. 경제발전 5개년 계획이 이승만, 장면 정권에 이미 미국의 요구로 만들어진 것이라는 주장이 사실임에도, 박정희 정권의 공도 매우 컸다는 것을 부정할 순 없을 것입니다.

미국이 러시아와 중국을 견제하기 위해 한국과 일본을 지원하면서 이용하고 있다는 것도 부정할 수는 없습니다. 거친 노동운동이 해외의 투자를 주춤하게 하고 기업의 경영을 간섭한다고 하지만, 1987년 노동자 대투쟁으로 노동자의 임금수준이 향상되어 내수 시장이 활성화됨으로써 외부에서 촉발된 경제위기를 극복했다는 논리도 사실입니다.

일본이 한국전쟁으로 성장했고, 한국은 베트남전쟁으로 성장했다는 것을 부정할 수 없습니다.

최근 한국수력원자력이 불량부품을 원자력발전소에 사용하는 등 전반적인 도덕적 해이(Moral Hazard)로 인해 발전소의 가동이 중지되는 사태가 벌어졌습니다. 이번 한 번뿐이 아닌 반복되는 사고가 발생한 것입니다.

이 사태는 조직 내부에 서로 견제하는 싸움이 없기 때문에 일어난 것입니다. 모든 결정에 대해 조직이 일사분란하게 한목소리를 내는 것이 위기를 만드는 것입니다. 그래서 가장 잘나갈 때가 가장 위험한 때입니다. 자동차가 속도를 감당할 수 있는 브레이크 시스템이 없거나, 운전자가 집중하지 못하는 상태에서 대형사고가 나는 것입니다.

어느 조직이든지 조직 내 싸움은 꼭 필요합니다.

4. 싸움은 나쁜 것이다

그럼에도 싸움이란 것이 억울한(?) 피해자의 입장에서 보면 나쁜 것입니다. 더군다나 법을 넘어서는 폭력은 어떤 상황에서라도 용납되어서는 안 됩니다. 축구 경기를 하는데 누가 봐도 심판이 편파적인 경기 운영을 한다고 해서 폭력을 휘두르는 것이 용납된다면 어떨까요?

　사람들이 스포츠에 열광하는 이유는 전 세계적으로 같은 룰(rule)이 있기 때문입니다. 정확한 규칙이 있고, 이를 따르면서 열심히 기량을 발휘하는 선수들과 예측할 수 없는 여러 환경이 있기 때문입니다.

　결정적으로 스포츠에서 영원한 승자는 없습니다. 따라서 승리하는 조직이라면, 싸움은 말려야겠지만 경쟁은 독려해야 합니다.

　정치도 마찬가지입니다. 박성순의 『조선유학과 서양과학의 만남』을 보면 조선이 패망한 이유는 당쟁보다는 국가운영의 폐쇄성에 있었다고 말합니다.

후기 중국은 명나라가 망하고 청나라가 지배하고 있었습니다. 조선은 청나라를 유교적으로 명분과 품위가 없는 국가로 치부하며 존명배청(存明俳淸)했지요. 그럼에도 불구하고 중국에서 선진역법 등 기술을 받아들이는 것은 적극적이었습니다.

존명배청의 명나라에 대한 의리론과, 청나라에서 선진문화를 적극적으로 받아들여야 한다는 이용후생지물의 북학론자(北學論者) 간 사상적 충돌의 혼돈 시기였습니다. 북학론자들도 이용후생지물을 주장했지만 그 근간은 성리학이었습니다.

1791년 신해 진산사건을 예로 들어볼까요. 전라도 진산군의 선비 윤지충과 그의 외사촌 동생인 권상연, 두 사람은 모친상을 치른 후 신주를 불사르고 천주교식 제례를 지냈는데, 그 일이 조정에 알려졌고, 결국은 처형당했습니다. 지금은 말도 안 된다고 생각하겠지만 그 당시 유교적 전통이 깊게 뿌리내린 조선사회에서는 매우 충격적인 사건이었지요.

이러한 사건들 이후에 조선은 급속히 쇄국정책으로 선회하였습니다. 급변하는 세계의 산업과 문화적 흐름을 흡수하지 못한 폐쇄성으로 조선은 패망했던 것입니다. 유교와 그로 인한 당쟁의 문제가 아니라, 리더의 통찰력과 결단력 부족 때문이었던 것입니다.

'싸움'과 '경쟁'의 차이점은 '상대방에 대한 존중이 있는 가?'의 여부라고 봅니다. 뉴스에 나오는 살인사건의 대다수가 대화를 하던 도중 갑작스럽게 발생한다고 합니다.

공정한 경쟁은 서로의 자존감을 상하게 하지 않고 결과에 승복하는 게임을 하는 것입니다. 다음 기회를 기약할 수 있기 때문입니다. 그러나 싸움은 다릅니다. 싸움은 보통 상대방의 자존심을 상하게 했을 때 시작됩니다. 욕을 한다거나 비아냥 거리며 인신공격을 하면서 시작되는 것입니다. 싸움은 『손자 병법』, 마키아벨리의 『군주론』에서처럼 사생결단을 내야 하는 전쟁입니다. 싸움은 상대방의 존재를 부정하는 파멸 게임 입니다.

5. 인생은 가위바위보가 아니다

요즘 세상에 일어나는 싸움의 소식을 들으면서 많은 생각에 혼란스러울 때가 많습니다. 선과 악이 어깨를 겨루고 있는이 상황에 신은 왜 침묵하는지…… 음양(陰陽)이 원래 공존하는 것이 자연의 섭리라면 음의 편에 서서 달콤함을 누리며 사는 것 또한 선택의 문제가 아닌지…… 정의(正義)란 무엇인지…….

기원전부터 공자, 소크라테스 등의 성인들이 고민해온 문제가 얼마 전 하버드대학교 마이클 샌델 교수의 『정의란 무엇인가』로 다시 화두가 된 적이 있습니다.

2500년 전부터 인류는 정의로운 삶을 추구해왔지만, 결코 이룰 수 없는 신기루와 같이 정의는 오히려 우리를 불안하게 하고 불만과 갈등을 갖게 하고 있습니다.

'다수를 위해 소수의 생명은 희생당해도 되는가?'
'굶주림으로 인해 인육을 먹는 것은 괜찮은가?'

18세기 최고의 철학자 칸트는 이 질문에 대하여 영국의 제러미 벤담이 주장한 '공리주의(최대 다수의 최대 행복)'는 판단의 기준으로 부적합하다고 했습니다. 칸트는 그의 저서 『순수이성비판』을 통해 "공과 사를 구분하고, 절대도덕을 복종하는 이성이 정의의 기준"이라고 말했습니다.

엄청난 상금이 걸린 축구 경기에서 교묘한 반칙으로 결승골을 넣은 선수가 자신의 잘못을 인정한 것은 잘한 것인가요? 자기 개인의 인기를 위해 인정한 것이라면 어떤가요?

미국의 철학자 롤스는 우리가 가진 것이 형식적인 평등이라고 말합니다. 태어날 때부터 불평등할 뿐더러 각자 가진 재능이 다른데 평등할 수 없다는 것입니다. 즉, 출생이라는 우연이 인생의 기회를 절대적으로 배분하는 기준이 되어선 안 된다는 것입니다. 그래서 부자는 가난한 사람들에게 이익의 일부분을 나눠야 한다고 했습니다.

· 빈부의 격차가 심하기 때문에 부자들에게 강제로 소득을 사회로 환원하라고 강요하는 것은 적법한 것인가?

· 대학교 입학시험에서 지방 출신이나 유색인종 출신들에게 가산점을 주는 것은 선의의 피해자를 만드는 불공정한 특혜 아닌가?

· 아리스토텔레스는 왜 노예제도를 합당하다고 했을까?

· 애국심이 중요한가, 인권이 중요한가?

· 동성 간 결혼은 왜 불법인가? 신(神)의 실수인가?

· 상식이란 것이 온전히 내 것인가?

· TV, 라디오, 인터넷의 정보가 정말 사실이라고 믿는가?

· 당신은 무슨 근거로 죽어도 용서하지 못하는가?

· 비난하는 그대여, 그대가 그 자리에 있었다면 더 잘할 수 있었을까?

· 정의(正義)라는 것이 오히려 악당을 만드는 것은 아닌가?

마이클 샌델 교수는 『정의란 무엇인가』에서 모든 문제를 수(數)와 양(量)적 문제로 치환하여 해결하려는 공리주의의 한계, 권리를 중요시하는 자유지상주의의 한계, 돈으로 살 수 없는 차원의 도덕과 인권, 인간의 존엄성 문제, 자원의 쏠림 문제 등을 제기합니다.

정의란 무엇입니까?

마이클 샌델 교수의 "우리는 매우 중요한 어렵고 복잡한 문제를 너무 쉽고 빠르게 결정 내리려 한다."라는 말이 머리에서 떠나질 않습니다.

우리는 우리 아니면 남이라는 이분법적 싸움 논리에 길들여져 있습니다. 남은 적(敵)입니다. 이도 저도 아니면 회색분자라는 오명과 왕따를 당합니다.

앞서 4대강 문제를 말씀드렸지만 저는 개인적으로 아직도 잘 모르겠습니다. 좀 무리하게, 급하게, 법을 어기면서 추진된 점은 매우 아쉽습니다. 그러나 한편, 역사적으로 치수(治水)는 국가의 생존과 관련된 일이었고, 앞으로 물 부족 시대가 온다면 그때 가서는 다른 평가가 나올 수도 있다고도 봅니다. 그리고 이미 수백 년 전부터 만들어진 인공 저수지에서 우리는 낚시를 즐기고 있습니다. 이러한 이유로 4대강 사업 갈등의 본질은 '댐'이 아니라 '신뢰'가 아니었을까 싶습니다.

복지와 관련해서도 말이 많습니다. 주위의 분들과 얘기를 하다 보면 매우 부정적인 얘기를 종종 합니다. 글로벌 경제위기로 세입도 줄어서 예산도 없는데, 복지에 너무 과다하게 정부 예산을 투입한다는 것입니다.

그러나 우리 주변의 소외된 분들의 이야기는 다릅니다. 지원이 아예 없어서 삶을 포기하거나 상상하지 못할 정도로 불우한 환경에서 겨우겨우 삶을 이어가는 경우를 볼 수 있습니다. 북파 공작원처럼 국가를 위해 봉사하다 얻게 된 장애가 생계의 빈곤을 가져왔음에도 국가의 지원을 받지 못하는 경우도 많습니다.

다른 한편으로는 정부의 복지예산을 받는 집단 및 개인의 도덕적 해이에 대한 비판도 상당합니다. 최근 어린이집과 유치원들의 불법적인 운영 행태도 그런 사례 중 하나입니다.

그러나 본질적으로, 복지는 한 국가에서 국민이 안심하고 인간답게 살아갈 수 있는 기본적인 환경을 제공하는 것이기에 국가의 의무라고 생각합니다. 우리가 이미 누리고 있는 건강보험, 국민연금도 아주 기초적인 복지 프로그램입니다.

따라서 복지는 국가의 경제적 능력에 따라서 수준이 다를 순 있을지언정 장기적으로는 건전하고 지속적인 성장의 원동력이 됩니다.

저는 이십 년 가까이 창업 준비자, 중소·벤처기업들의 임직원들을 수없이 만나보았습니다. 중소기업을 지원하는 프로그램으로만 따진다면 대한민국이 세계 최고가 아닐까 싶습니다.

문제는 대기업과 중소기업 간의 수직적 산업구조로 인해 경제의 선순환, 사람으로 따진다면 혈액순환 문제가 생긴 상태입니다. 제가 우리나라의 수많은 중소기업인들을 만나면서 느낀 점은 그들은 모든 것을 걸고 사업을 하고 있다는 것이었습니다. 망하면 가정도 파괴되고 삶도 파괴되는 극한의 조건에서 사업을 하고 있는 것입니다.

미국, 유럽 등의 선진국들은 투자자금이나 정부지원자금을 통해 사업을 시작하되, 망하더라도 쉽게 재기할 수 있는 복지 환경을 갖고 있습니다. 따라서 우리나라 이공계의 위기를 돌파하고, 창업이라는 모험을 현재보다 활성화시키려면 최소한의 생계보장 환경을 만들어주는 것이 매우 중요합니다.

성장이 승자들의 전유물로 전락한 지금, 국민이 매슬로의 5단계 욕구를 충족할 수 있도록 정치인들은 메카시즘(MaCarthyism, 반(反)공산주의) 등을 악용해서 국민이 행복해질 권리를 훼손해서는 안 됩니다. '국민의 권리'와 '국가의 의무'라는 본질을 왜곡해서는 안 되는 것입니다.

미국 진보센터를 세운 존 포데스타는 그의 저서 『진보의 힘』을 통해 우리에게 진보적 사고를 요구합니다. 미국은 만연한 부정부패 그리고 공천권, 야합 등 정쟁에 시달리며 현재의 민주주의를 이뤄냈습니다. 매번 느끼는 것이지만, 민주주의는 완성이 아니라 과정이 아닌가 싶습니다.

존 포데스타는 미국의 민주주의는 진보적 정치인들에 의해 이뤄진 결과라고 말합니다. 그러면서 진보란 "누구에게나 기회가 공평하게 제공되고, 약자를 보호하는 도덕적이고 공정한 사회를 추구하는 것"이라고 말합니다.

존 포데스타는 "부시 정권은 부자들만을 위한 감세 정책으로 국가 재정을 문란하게 했다"며 더 감세를 하려는 공화당을 비난합니다. 상위 1%를 위한 정책은 정의가 아니라는 거죠. 내리막길을 걷고 있는 미국에게 그나마 희망이 있는 건 이런 진보주의자들이 많이 있기 때문이며, 오바마 대통령의 재선은 미국인들의 진보에 대한 희망의 결과였습니다.

2012년 12월 중순경, 대통령 선거 기간에 누군가 저에게 물어보더군요. "당신은 진보야, 보수야?" 사실, 저도 스스로에게 물어봤었습니다. 진보와 보수를 구분하는 제 자신의 선택 키워드는 '분배와 변화'였습니다.

'포퓰리즘적 분배는 미래 성장을 가로막을 텐데⋯⋯' 라는 생각이 겹치면서, 저는 제 안에 있는 진보와 보수를 보았습니다. 그래서 "둘 다."라고 대답했죠. 이렇듯 제 자신 안에는 진보와 보수가 공존합니다. 여러분은 이 둘을 무 자르듯이 나눌 수 있나요?

그럼에도 수천 년의 인류 역사를 보면 자유와 평등이 높아지는 민주적 방향으로 진화하고 있습니다. 70만 년 전 인류가 석기시대에서 문명을 만들고, 기원전 2천 년에 이르러서야 국가를 만들었습니다. 그리고 몇 천 년 동안 왕과 귀족, 평민, 노예층이 있는, 지금으로선 상상하기도 힘든 비민주적인 세월을 지냈습니다.

현재의 민주주의는 불과 18세기에 이르러, 1989년 프랑스혁명으로부터 시작된 것이 아니었던가요? 1863년 링컨이 노예해방선언을 하지 않았다면 지금까지도 미국에는 신분계층이 남아 있을지도 모를 일입니다. 그러나 인권회복을 향한 열망과 누군가의 희생으로 변화는 분명히 이뤄졌을 겁니다.

지금 우리는 SNS 등을 통해 비민주적 권력을 비난하고, 낙선운동을 통해 정치권력을 바꾸는 시대로 발전해왔습니다. 비민주적 기업에 대해 불매운동을 하여 경영에 타격을 주고, 더 나아가 문까지 닫게 할 수 있는 시대가 왔습니다.

역사는 분명 민주주의로 발전해왔으며 앞으로도 그렇게 나아갈 것입니다. 정부의 시스템은 더욱더 투명하게 운영될 것입니다.

20여 년 전 대학생들이 민주화의 선봉에 섰던 시절, 민주주의는 피를 먹고 자란다는 글을 대자보에서 읽었던 기억이 납니다. 그렇게 수많은 희생자의 억울한 죽음을 경험해야 민주주의는 발전하나 봅니다. 문득 그 희생자들의 억울함에 대해서 생각해보았습니다. 그러나 형이상학적인 '영혼'이라는 관점에서 보면 그분들 자신은 희생자라고 생각하지 않을지도 모른다는 생각에 이르게 됩니다.

"우리는 흔히 두 개 중에 하나를 선택하라고 강요당한다. 그리고 아무 생각이 없이 하나를 선택한다. 그러나 사람이 두 가지 중 하나를 요구하는 것이지, 세상은 절대 두 가지만 제시하지 않는다."

인류의 역사와 함께해온 아주 고리타분한 질문인 '정의란 무엇인가?'가 21세기에도 커다란 화두로 다가온 것도, 정의롭고 더욱 민주적인 사회로 나아가자는 세계인들의 고민과 열망인 것입니다.

그런 면에서 하루하루 일어나는 노이즈들에 대해서는 일희

일비하지 않고 좀 더 의연하게 바라보는 혜안을 가져야겠다는 생각을 해봅니다.

6. 왜 주변을 적으로 채우려 하는가?

사회생활을 하다 보면 스스로에게 못마땅하다고 느낄 때가 많습니다. 가장 치명적인 것이 인간관계입니다. 조직 내에서도 같은 과나 팀이 아니면 갈등의 크기는 더 커집니다. 특히나 일을 진행하는데 상대측이 걸림돌로 견고하게 버티고 있으면 갈등은 커질 수 있습니다.

"뭐가 문제라는 거야?"

"왜 안 된다고만 하는 거야?"

"거긴 왜 맨날 행동을 하려고 하질 않지?"

그러나 상대도 이유가 있다는 것이죠.

"저쪽 팀은 맨날 되지도 않는 것에 헛힘 빼고 있다니까."

"할 일이 그렇게 없나!"

가장 큰 문제는 이것이 비난과 갈등으로 끝나지 않고, 감정싸움으로 증폭된다는 것입니다. 일로만 쌓인 갈등은 쉽게 풀릴 수 있습니다. 그러나 감정싸움으로 증폭되는 과정에 독성

촉매가 작용하면 그 갈등의 골은 빙하가 갈라져서 생긴 좁고 깊은 틈인 크레바스(crevasse)가 됩니다.

치명적인 상처를 입히는 말에는 "너는 가끔 말하는 것 보면 어린애 같아.", "제발 머리를 쓰면서 살아라.", "당신은 절대로 나를 이길 수 없어.", "월급이 아깝다." 등 수없이 많습니다. 교과서에도 나올 수 있는 문장이지만 때에 따라서는 상대방의 가슴을 가르는 크레바스를 만드는 말입니다.

그러면 그동안의 상대방과의 기억 속에서 기억이 재조합됩니다. 의심이 확신으로 증폭되는 과정을 겪는 것이죠. 풀리면 오해가 되고, 풀리지 않으면 사실로 고착화됩니다.

인간관계를 잘하는 사람들은 오해를 잘 푸는 능력이 탁월합니다. 술을 좋아하는 사람들이 사회성이 높은 경우가 많은 것도 이러한 오해를 풀 수 있는 기회가 많기 때문입니다.

가끔 난데없이 화를 내는 사람이 있습니다. 내가 별로 잘못한 것도 없는데 날벼락을 맞은 기분이죠. 속으로 '왜 이 정도의 사소한 일로 화를 내지?', '저 사람, 집에 무슨 일 있나?'라고 생각을 하겠지만, 보통은 그동안 쌓였던 갈등이 터지는 경우입니다.

그래서 상대방이 나를 대하는 태도나 분위기가 조금 이상하다고 판단되면 오해를 풀 수 있는 기회를 갖는 것이 현명합니다. 터지기 전에!

사람의 관계가 원수가 되는 결정적 계기는 믿었던 사람, 친했던 사람에게서 배신감을 느꼈을 때입니다. 개인적으로 알고 있는 이금룡 회장께서 이런 말씀을 하셨습니다.

"사람들은 배신을 가장 싫어해요. 그러나 배신한 사람들의 98%는 자신이 배신했다고 인정하지 않아요."

이러한 현상을 리처드 코치는 '낯선사람효과' 라고 말합니다. '낯선사람효과' 는 가깝고 친밀한 관계가 반드시 우리 삶을 이롭게 하는 것은 아니며, 그냥 알고 지내거나 별로 가깝지 않은 낯선 사람들과의 관계처럼, 실은 일상적으로 중요하게 여기지 않던 인맥이야말로 우리의 삶을 흥미진지하고 풍요롭게 만들 기회와 정보, 혁신의 가능성을 훨씬 더 많이 제공한다는 것입니다.

고백하건대, 저도 인간관계로 많은 갈등을 하는 편입니다. 쉽게 상처를 받고 아파하지요. 그래서 술 잘 마시고, 사회성이 높은 사람들이 부럽습니다.

한 가지 스스로 터득한 것은, 아픔을 경감시키기 위해 '입장을 바꿔서 생각해보는 습관' 을 가지는 것입니다. 그리고 반복되는 갈등을 유발하는 관계에 대해서는 거리를 정해두는 것이 덜 소모적이라는 것도 배웠습니다.

마지막으로 저 스스로에게 다시 묻습니다. '왜 바보처럼 주변을 적으로 채우려 하는가!', '당신의 적을 충분히 감당해낼 수 있는가?'

에너지를 주는 리더의 말

관리자들은 자신이 모든 것을 샅샅이 볼 수 있는 시스템만 구축된다면, 문제를 사전에 차단하고 효율적으로 조직을 잘 관리할 수 있다고 믿습니다. 이러한 현상을 저는 '파놉티콘 딜레마(panopticon dilemma)'라고 부릅니다.

법(法)이론가였던 제러미 벤담(Jeremy Bentham)은 18세기 영국 내 급격한 범죄 발생과 그로 인한 교도소 내 비인권적 사고, 사회질서 파괴의 악순환을 공리주의적 측면에서 관리자적 리더십 확립을 통해 개선할 수 있다고 생각했습니다.

그는 이런 이상적인 자신의 철학을 실험해볼 곳으로 교도소를 선택했습니다. 죄수들이 집단으로 있는 교도소는 재교육하고 교화하기에 이상적이었습니다.

죄수를 효과적으로 감시할 목적으로 고안한 원형 감옥이 파놉티콘(panopticon)입니다. '모두'를 뜻하는 'pan'과 '본다'는 뜻의 'opticon'을 합성한 말로, 한눈에 볼 수 있다는 것이죠.

관리자가 감옥 내 모든 정보를 한눈에 파악할 수 있도록 원형으로 된 건물에, 둘레에 수감실을 배치하고 가운데 통제실을 배치하여 적은 인원으로 효율적이고 합리적으로 관리할 수 있다는 것이었습니다. 지금도 일어나는 수감실 내외 폭력과 불법도 한눈에 훤하게 볼 수 있어서 쉽게 관리할 수 있는 것입니다.

아울러 관리적인 측면에서도 효율성을 확보하려면 관리자에게 금전적 동기가 부여되어야 한다고 했습니다. 예를 들어 교도소 운영자에게 수감자당 관리비용을 지불하고 대신 탈주자, 사망자에 대해 관리비 대신 페널티(penalty)를 준다면 수감자를 더 잘 관리할 것이라는 겁니다.

벤담은 파놉티콘 이론의 효능을 직접 보여주려고 건설에 뛰어들었지만 파산했습니다. 그러나 그의 이론은 후에 병원, 도서관, 마을 건설 등에 적용되어 효과가 인정되기도 했습니다.

관리자는 이렇듯 파놉티콘 조직구조를 희망합니다. 그러나 이 구조는 내부 구성원의 창의성을 간과하고 협력을 통제합니다. 그러나 관리가 매우 수월하기 때문에 매번 유혹의 대상입니다.

저는 개인적으로 리더십에 관한 정의 중 '싸우지 않고 이기
는 힘'이라는 말이 가장 마음에 듭니다. 싸우지 않고 이긴다
는 것은 손에 아무것도 들지 않고 대화를 통해 이긴다는 것입
니다. 그러면 대화, 커뮤니케이션을 어떻게 해야 할까요?

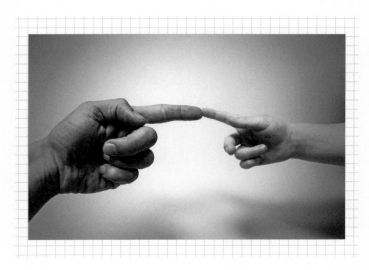

커뮤니케이션은 리더십의 기본입니다. 커뮤니케이션은 서
로 같은 꿈을 꾸는 것입니다. 그런데 여기엔 장애물이 있는데,
바로 '권위주의'라는 산(山)입니다.

저와 제 아내는 막내아들이 컴퓨터 게임을 너무 좋아해서 걱정입니다. 막내 녀석은 항상 컴퓨터를 보며 기회를 노리고 있다가, 한번 컴퓨터 앞에 앉아 게임에 빠지면 헤어나지 못합니다. 상황이 이렇다 보니 일주일에 사용할 수 있는 시간을 정합니다. 그런데 이 시간을 자꾸 어깁니다. 그러면 제 아내는 소리를 지릅니다.

아내는 "너 시간 지났어! 빨리 꺼!"라고 소리칩니다. 아들은 '30분 더 할 수 있겠군.' 속으로 생각하며 게임을 계속합니다. 아내는 게임에 매달리는 아들을 보고 짜증을 내며 "너 지금 당장 안 끄면 알아서 해!"라고 다시 소리를 치지요. 아들은 '10분 더 할 수 있겠다. 아직은 여유가 있어.' 라고 생각하며 게임에 열중합니다. 아내는 조금 더 참다가 회초리를 들고 아이에게 다가갑니다. "너 맞아야겠다!" 아들은 '이제 꺼야겠군.' 하며 얼른 컴퓨터를 끕니다. 아들은 회초리가 무서웠던 거지만, 아내는 속으로 '이 자식은 꼭 소리를 질러야 돼!' 하며 자신의 방법이 옳다고 확신합니다.

이렇게 서로 다른 꿈을 꾸고 있는 상황은 커뮤니케이션이 성립되었다고 말할 수 없습니다.
커뮤니케이션을 잘하는 방법이 있습니다.

1. 분위기를 조성하라

상사가 근엄한 얼굴이나 심각한 얼굴로 있으면 말을 건네기가 어렵지요. 저의 경우를 말씀드리면, 비서실에 전화를 먼저 해서 상사의 기분을 물어봅니다. 분위기가 심상치 않으면 그날 결재는 포기합니다. 그래서 비서와의 관계도 매우 중요합니다. 상대방과 원활한 커뮤니케이션을 원한다면 항상 분위기를 유쾌하고 긍정적으로 만들 필요가 있습니다.

2. 경청하라

분위기를 유쾌하게 만든 후엔 잘 들어야 합니다. 관리자 임금의 40%는 듣는 대가라고 합니다. '들을 청(廳)' 한자를 분석해보면 귀를 왕처럼 열고, 열 개의 눈과 하나의 마음으로 듣는다는 뜻입니다. '암(癌)'이라는 한자의 뜻은 산의 돌 밑에 입이 갇힌 모습입니다. 말을 하여 억울함을 풀고 싶어도 말을 못 해서 억울함을 풀 수가 없다는 것입니다.

앤드류 매튜스의 『관계의 달인』에 경청에 관해 실험한 내용이 나옵니다. 여러 사람이 그룹을 나누어 두 명씩 짝을 짓습니다. 그리고 한 사람이 3분씩 말하게 하고, 상대방은 진지하게 아무 말도 하지 않고 듣기만 합니다. 이러한 행동을 세 번씩 반복하면 95% 이상의 사람들이 다음과 같은 반응을 보인다고 합니다.

"평생 이렇게 열심히 남의 말을 들어본 적이 없어요."
"우리는 사랑에 빠졌어요."
"삼십 년간 내 남편의 말을 이렇게 열심히 들어본 적이 없어요."

3. 질문하라

사람들은 지시를 받으면 손이나 발을 사용하지만, 질문을 받으면 머리를 쓴다고 합니다. 그러나 질문에도 종류가 있습니다. 심판자형 질문과 학습자형 질문이지요.

심판자형 질문은 "네가 책임질 거야?" 하고 상대방이 명령과 같이 받아들이는 형태를 말합니다. 반면, 학습자형 질문은 "우리 회사의 판매실적이 걱정됩니다. 자, 우리 아이디어를 모아봅시다. 김 대리님, 브랜드 이미지를 강화하려면 우리는 어느 고객에 초점을 맞추는 것이 좋겠습니까?" 하고 상대방의 의견을 진지하게 묻는 형태를 말합니다.

질문의 강력한 효과는 의견을 말한 사람이 자신의 의견이 옳다는 것을 증명하기 위해 적극적으로 행동한다는 것입니다. 그래서 지시보다는 질문이 행동유발 효과 측면에서 탁월한 결과를 가져옵니다. 절대로 세세한 것까지 지시하지 마세요.

4. 칭찬하고 감탄하라

눈이 멍든 상태로 공 쇼를 하는 돌고래를 보신 적 있나요? 채찍에 살갗이 찢어진 채로 불이 붙은 링을 통과하는 표범을 보셨나요?

상대방의 의견을 존중하고, 좋은 의견에 대해선 칭찬과 감탄을 아끼면 안 됩니다. 한편 포기할 수 없는 도덕성, 책임성 부분에선 엄격해야 합니다. 아무리 능력이 출중하더라도 도덕성이 부족한 직원이라면 도둑으로 성장할 가능성이 높습니다.

5. 약속을 지켜라

커뮤니케이션은 약속을 이행하면서 종료가 됩니다. 4.5평의 육일약국을 대한민국에서 가장 성공한 약국 중 하나로 키운 김성오 약사는 약국에 기업경영시스템을 도입했습니다. 목표한 매출을 이루면 직원들에게 그 자리에서 인센티브를 제공했습니다. 동기유발의 꽃이자 완결은 보상입니다. 김성오 약사는 지금 온라인 교육사이트의 대표로서 크게 성공했습니다.

가장 완벽한 커뮤니케이션을 하는 사람은 엄마입니다. 아이를 사랑스러운 눈으로 바라보며, 부비며, 만져주며 아이의 끊임없는 종알거림을 잘 듣습니다. 그리고 "어이구 그랬어?", "누가 그랬어! 엄마가 대신 혼내줄게. 떼끼!", "참 착하지.", "우리 아기 참 잘한다." 하며 세상에 있는 온갖 칭찬을 다 해줍니다. 그리고 새끼손가락을 걸며 약속한 것을 다 들어줍니다. 그렇게 엄마는 아이들에게 완벽한 커뮤니케이션을 통해

신뢰를 쌓아가고, 아이는 빠르게 성장해가는 것입니다.

반대로 아버지는 점점 더 외로워집니다. 남자들은 커뮤니케이션에 매우 취약합니다. 어려서부터 '남자는 말수가 적어야 한다', '의젓해야 한다'는 고정관념이 쌓여왔기 때문입니다.

"남자는 남성으로 키워지고 여자는 여성으로 키워지는 것이다."라는 칼 융(Carl Gustav Jung)의 말이 생각납니다. 남자 중에서도 여성적인 사람이 있고, 남성적인 사람, 중성적인 사람이 있다는 것입니다.

그러나 성격이 여성적이라고 커뮤니케이션을 잘하는 것은 아닙니다. 다만 더 잘할 수 있는 기질을 가졌다고 보는 것이 맞습니다. 그리고 커뮤니케이션 스킬은 반복되는 교육을 통해 어느 정도는 길러질 수 있습니다.

6. 완벽한 사람은 없다

개인적으로 커뮤니케이션 과정 중에 '경청'이 가장 힘들다고 생각합니다. 말도 안 되는 것을 수십 분, 몇 시간 들어야 한다는 것은 지옥에 있는 것과 같습니다. 이럴 때는 권대웅 님의 시 「대화」를 읽어봅니다.

신(神)께서도 완벽하게 하실 수 없는 것을 어찌 인간들이 완벽하게 할 수 있겠습니까! 너무 자책하지 말고 노력하며 사는 것이 정답이 아닐까 싶습니다.

「대화」

― 권대웅

말이 안 통하는 것은
머릿속이 자기의 말로만 가득 차 있기 때문입니다

진정한 대화는 자기의 말을 모두 버리는 것입니다
상대방 역시 자기가 하고 싶은 말을 버릴 때
비로소 대화는 성립되는 것입니다
그럴 경우 서로에게 말이 필요 없는 것이지요
서로가 서로의 말을 들어주고 싶고 이해하고 있는데
무슨 대화가 필요하겠습니까?
정말로 통하는 것은 서로 간의 침묵입니다
눈빛이고 미소입니다

혹시 당신과 함께하고 있는 그 누군가가
당신과 대화가 통하지 않는다고 생각한다면
그것은 아마도 당신의 머리와 마음속이

그에 대한 당신의 말로만 가득 차 있기 때문일 것입니다

대화를 하려면 먼저 당신의 말을 버리고 그의 아래에 서세요

그것이 언더스탠드, 이해입니다

뇌를 주도하라

설, 추석 같은 명절이면 TV에서 빠지지 않고 방송했던 프로그램 중 하나가 마술입니다. 데이비드 카퍼필드의 마술을 보노라면 환호와 탄성이 끊이지 않았죠.

무척 궁금했습니다. 사람이 어디로 사라졌을까? 사람이 두 동강이 나버렸는데 어떻게 살아났지? 새가 어디에 있었던 거지?

스티브 매크닉 등이 지은 『왜 뇌는 착각에 빠질까』에서는 마술이 사람의 뇌가 일으키는 착각을 교묘하게 이용하여 벌이는 쇼라고 말합니다. 문제는 '왜 뇌가 착각을 일으키는 것인가' 입니다.

1. 뇌는 왜 착각하는가?

사람의 눈은 디지털카메라로 따지면 1메가픽셀(mega pixel)

급이라고 합니다. 현재 스마트폰에 내장된 디지털카메라가 8 메가픽셀 급이니 사람의 눈은 그리 선명한 편이 아닙니다. 망막에 맺힌 2차원적인 영상을 3차원 영상으로 바꾸는 일은 뇌에서 일어납니다.

더군다나 가시광선만 눈에서 인식할 수 있습니다. 자외선 등을 켜놓으면 형광색이 발현되어 햇볕 아래서와 다른 색으로 바뀝니다. 조명만을 이용해 마술사는 자신의 옷을 순식간에 바꿔 입은 효과를 낼 수 있는 것이지요.

다른 방법이 또 있습니다. 잔상효과죠. 아주 밝은 불빛에서 갑자기 어두워지면 사람들은 1/10초간 앞을 볼 수 없습니다. 이때 벨크로로 붙여놓은 옷을 피아노 줄을 이용해 하늘 위로 벗겨버릴 수도 있습니다.

컴퓨터는 동시에 여러 일을 하는 멀티태스킹이 가능합니다. 그러나 사람은 아닙니다. 회의를 하면서 영화를 제대로 볼 수 있다고 생각하십니까?

성과를 내려면 집중할 여건을 만들어줘야 합니다. 같은 선상에서 편협한 사고를 하는 사람들을 주변에서 볼 수 있습니다. 확신과 신념을 갖고 목숨 걸고 주장하는데 당할 도리가 없습니다.

이유는 간단합니다. 원하는 것만 보기 때문이죠. 같은 신문을 읽고도 다른 말을 하는 것은 이런 이유입니다. 객관적인 사실이, 자신의 신념을 합리화할 수 있는 기사거리로 각색되어 계속 쌓이는 겁니다. 더군다나 기억의 습득과 회상 사이에 시간이 흐를수록 정확도는 점점 떨어지면서 편협한 사고로 재정리가 가속되는 겁니다.

마술도 마찬가집니다. 심령술사가 잘 알아맞히죠? 감동까지 받을 수 있습니다. 심령술사는 우리가 원하는 대답만 해줄 뿐입니다.

유리겔라가 수저를 휘게 하는 모습을 기억하시는 분들이 많을 겁니다. 손가락을 살짝 얹어놓고 문지르기만 해도 수저가 엿가락처럼 축 늘어지며 휘는 모습을 보며, 사람들은 유리겔라가 외계인에게 초능력을 받았다는 말을 믿었습니다.

비결을 알려드릴까요. 먼저 수저 세 개를 준비합니다. 그리고 방청객 한 명을 무대로 부릅니다. 그리고 멀쩡한 수저 세개 중 하나를 골라 굽혀보라고 말합니다. 방청객은 수저가 매우 단단하다는 것을 확인하죠. 사람들은 무대 위의 방청객에게만 집중합니다.

유리겔라가 오른손으로 나머지 두 개의 수저 목을 휘게 하고(ⅠⅠ→)〈〉, 휜 수저 목을 엄지와 검지로 잡고 있으면 두 수저는 휘어지지 않고 교차해서 잡고 있는 것으로 보입니다. 그리고 나중에 바꿔치기하는 것이죠.

마술만 그런가요? 흰색과 검은색 티셔츠를 입은 학생들이 농구공을 서로 패스합니다. 흰색 옷을 입은 학생들이 몇 번 패스하는지 맞춰보라는 동영상에서, 고릴라가 지나갔음에도 관객들은 학생들이 패스하는 횟수에 정신이 팔려 덩치가 아주 큰 고릴라를 못 알아봅니다.

냄새는 어떤가요. 음식점 안에 들어갈 때 느꼈던 냄새를 조금 지나면 느낄 수가 없습니다. 익숙해지고 무감각해지는 것입니다. 마술에서는 이런 무감각을 이용해 관객의 시계나 반지를 없애는 쇼를 보여줍니다. 마술사가 손목이나 손가락을 꽉 쥐고 있으면 시계나 반지가 사라진 후에도 계속 착용하고 있는 감각적 잔상효과가 지속됩니다.

탁월한 기억력의 비결은 무엇일까요?
이제부터 다음의 단어들을 잘 기억해주십시오.

- 우산

- 밤

- 딸기

- 바나나

- 기린

- 단추

- 동전

- 나무젓가락

- 디딤돌

다섯 번째 단어는 무엇이었을까요?

많은 분들이 헷갈려하십니다. 그런데 잘 기억할 수 있는 방법이 있습니다. 장소와 물건을 빗대어 외우는 것입니다. 위의 단어들은 제가 머리끝부터 발끝까지 순서대로 머리, 눈, 코, 입, 목 등에 비슷한 단어들을 꺼내어 순서대로 나열한 겁니다.

현관문에서 시작해서 안방으로 가는 과정에 빗대어 단어를 스토리 형식으로 외워도 순서를 기억하는 데 도움이 됩니다.

모든 걸 다 기억하는 사람은 자책감, 억울함으로 인해 절대 행복하지 못할 겁니다. 사람의 뇌는 98% 그 사람이 하는 말의 지배를 받는다고 합니다. 왜 뇌는 이렇게 주인의 말을 잘 들고, 착각과 잘못된 정보를 저장할까요?

2. 왜 뇌는 착각과 오류를 범할까?

뇌는 주인의 행복을 위해 무모할 정도로 착각한다고 합니다. 정신과 전문의인 양창순 박사는 정신과학·심리학적으로도 정신병의 대부분은 나르시시즘이 훼손되었을 때 발생한다고 말합니다.

인간의 경험은 생각에서 나올까요? 아니면 생각에서 경험이 나올까요? 어려운 질문인가요?

리처드 칼슨의 『우리는 사소한 것에 목숨을 건다』에 보면 재미있는 이야기가 나옵니다.

어떤 남자가 레스토랑에서 실수로 물을 엎질렀는데 고개를 든 순간 맞은편 남자가 못마땅한 표정을 짓고 있는 것입니다. 남자는 속으로 '너는 실수한 적 없어? 웃기는 놈이야.' 중얼거리며 화를 삭입니다. 그리고 창피한 나머지 얼른 가방을 정리하고 사무실로 들어가 자리에서 종일 그 생각으로 기분이 나빴습니다. 그래서 오늘은 일찍 집으로 돌아가야겠다고 마음먹고 사무실을 나섭니다.

집에 돌아와 문을 여니 부인이 일찍 돌아온 남편을 보고 기뻐하며 "당신 웬일이야. 사랑해 여봉!" 하며 반깁니다. 남자는 "당신 왜 이래? 미쳤어?"라고 마음에도 없는 말이 튀어나옵니다. 부인은 무척 당황스럽고 창피해서 기분이 엉망이 되었습니다. 그런데 눈치 없는 딸이 엄마에게 와서 "엄마, 나 오늘 시험 봤는데 답안지에 이름을 안 쓴 것 같아."라고 말합니다. 엄마는 "이년아! 밥 먹는 것은 빼먹지도 않는 년이 답안지에 이름은 왜 빼먹니? 살이나 빼!"라고 소리 지릅니다.

딸은 좀 전까지와 너무 다른 엄마의 반응에 한마디로 기분 더러워졌습니다. 그때 때마침 키우는 강아지가 꼬리를 흔들며 딸의 앞에서 재롱을 피웁니다. 안아달라고 안달이 난 겁니다. 딸은 분위기 파악을 못하고 날뛰는 개가 어찌나 미운지 냅다 발로 차버렸습니다. 강아지는 아파서 머리가 돌 지경이었지요. 그러다 위안을 하려는 아빠가 때리려고 손을 드는 줄 알고 물어버렸습니다. 결국 집안은 개판이 되었습니다……

이 상황을 보고 무엇을 느끼십니까? 여러분들은 하루가 이렇게 꼬이고 꼬인 적이 없었나요? 그런데 만약 레스토랑에서 눈 마주쳤던 그 남자는 당신의 얼굴도 기억하지 못할뿐더러, 컵이 깨졌던 상황 자체에 관심이 없었다면 어떻습니까?

우리는 사실이 아닌 것에 단지 생각만으로 삶이 변하는 것을 보고 있습니다. 우리의 삶이 이렇지는 않은지요. 우리는 스스로 자신의 삶을 부정적으로 몰아가고 있지는 않나요?

상사에게 혼났습니까? 상사를 인생의 고객이라고 생각해보세요. 내 삶의 고객. 이렇게 삶을 대하는 태도와 생각이 변하는 순간, 당신은 아주 큰 사실을 깨닫게 될 것입니다. '나는 내 옆의 친구를 바꿀 순 없지만, 내가 바뀌면 세상이 변한다.'라는 사실을 말입니다.

나폴레옹은 "성공하기 위해서는 먼저 성공을 상상해야 한다."라고 했습니다.

유명한 미국프로골프 선수인 잭 니클로스, 타이거 우즈는 "내가 날린 최고의 샷이 찍힌 동영상을 보며 내일의 게임을 상상한다."라고 하더군요.

앤드류 카네기는 세상의 성공한 사람들을 20년간 조사한 결과, "사람의 사고(思考)가 부(富)를 부른다."라는 하나의 결과를 얻었습니다.

플라시보 효과(placebo effect)라는 것이 있습니다. 감기 몸살을 앓고 있는 환자들에게 아무 효능이 없는 설탕 등으로 만든 가짜약이 새로 개발된 약이라고 설명하고 복용시키면 환자들이 의사를 믿고 상태가 호전된다는 것입니다.

레몬을 상상하면 입에서 침이 고입니다. 최면 상태에서 고드름을 피부에 갖다 대면서 달아오른 쇠꼬챙이라고 믿으면 물집이 잡힌다고 합니다. 뇌는 상상과 현실을 구분하지 못하는 것입니다.

스탠포드 의대, 미시간대 심리학연구소에서 담배와 건강의 문제를 연구한 결과 연관성을 찾지 못했다고 합니다. 그러나 생각의 차이가 심한 결과를 나타냈다고 합니다. 담배를 피우면서 폐암을 걱정한 사람들은 건강이 매우 좋지 않았다는 것입니다.

인간은 상상으로 병을 생각하면 몸에서 스트레스 호르몬이 나와서 몸을 망친다고 합니다. 이는 PET, fMRI로 측정됩니다. 사랑과 감사로 넘치는 마음은 백혈구와 엔도르핀을 생산합니다. 말기 암환자 159명을 대상으로 암세포를 먹는 상상을 계속하게 하자 22.2%가 완쾌되었고, 마지못해 살아갔던 사람들은 그나마 말기 암환자보다 두 배나 오래 살았다고 합니다.

나이아가라에 관광을 간 사람이 목이 말라 폭포 물을 먹은 후 옆에 적혀 있는 'POISSON' 이라는 팻말을 보고 복통이 생겨 급히 병원에 갔습니다. 이 사실을 의사에게 말하였더니 'POISSON' 은 불어로 '낚시' 라는 뜻이라고 알려주었고, 곧 복통이 가셨다고 합니다.

인간의 뇌는 정보의 사실 여부와 관계없이 명령체계에 의해 작동합니다. 다시 말씀드리면 컴퓨터와 같은 것이죠. 컴퓨터는 정해진 프로그램에 의해 계산만 합니다. 어떤 값을 입력시켰는데 "웃기고 있네.", "이걸 답이라고 썼냐?"라고 말하지 않습니다.

인간의 뇌도 마찬가지입니다. 주인이 상상하며 정보를 받아들이면 뇌는 주인의 명령을 따르기만 할 뿐입니다.

3. 뇌는 주인의 행복을 간절히 원한다

UCLA 노먼 카슨스 교수는 50세의 나이에 온몸이 굳는 강직성 척수염에 걸렸습니다. 어느 날 그는 무심코 뽑아든 성경에서 "마음의 즐거움은 약이 되지만 심령의 근심은 뼈를 마르게 한다."라는 글을 읽고, 무작정 웃으며 살기로 했습니다. 한 달간 웃자 움직이지 않던 손가락에 조금씩 힘이 생기기 시작했고, 석 달이 지나자 포크를 잡아 식사를 하게 되었고, 결국 완치되었다고 합니다.

웃음은 암세포를 공격하는 킬러세포를 만들어낸다고 합니다. 웃은 후 혈액검사를 하면 인터페론 감마가 200배 증가되며, 도파민과 아드레날린을 감소시킴으로써 T세포를 활성화하고, 면역과 관계된 다른 세포 성장에 중요한 요인이 된다고 합니다.

우리나라의 청정원 순창고추장은 공장에 클래식을 틀어놓습니다. 미생물도 음악에 반응한다는 것이지요. 웃음을 기업의 경영에 도입하여 매출이 2.5배 오르고, 불량이 3분의 1 이하로 떨어지고, 도난당하는 물품수가 줄었으며, 회계 오차가 월 30만 원에서 1천 원으로 줄고, 직원들의 퇴사와 지각도 줄었다는 연구결과도 있습니다.

미국의 모 대학에서 1960년 졸업생 141명을 대상으로 졸업
사진에서 진정 즐거워 웃는 사람들을 추려내고 그들의 삶이
어떤지를 조사한 결과, 결혼이나 생활의 만족도가 다른 사람
들에 비해 탁월했다고 합니다.

성경의 「잠언」 17장 2절에는 "한 번 웃으면 한 번 젊어진
다."라는 기록이 있으며, 우리나라 『삼국유사』에 신문왕이 아
플 때 한 비구니가 문안하여 피곤하여 생긴 병이니 웃으면 낫
는다 하여 치료되었다는 기록도 있습니다. 『동의보감』에서는
웃음은 보약보다 좋다고 합니다.

앤서니 라빈스의 『무한능력』, 이지성의 『꿈꾸는 다락방』,
론다 번의 『시크릿』, 차동엽의 『무지개 원리』, 신재덕의 『팩
토리얼 파워』, 조엘 오스틴의 『긍정의 힘』 등 많은 책이 결국
같은 주장을 하고 있습니다. '강력하게 상상하며 원하면 이루
어진다.' 라는 것이지요.

피올라 마음학교의 김연수 교장선생님은 그의 저서 『경이
로운 나』에서 "우리는 본래 정해진 그 어떤 한정된 존재가 아
니라 우주적이며 무한한 초월적 존재다."라고 말합니다. 모든
것은 다 마음이 만든다는 '일체유심조(一切唯心造)'는 만고의
진리라는 것입니다.

부처님이 말씀하신 '불이불(不二佛)'은 '당신이 부처다' 라는 뜻입니다. 성경에 나오는 임마누엘(Emmanuel)의 뜻은 '하나님이 우리와 함께 계시다' 라는 뜻입니다.

이 세상엔 가장 큰 것이 세 개가 있다고 합니다. 그것은 우주, 신(神) 그리고 마음입니다. 세 개가 다 무한합니다. 서로가 다 동시에 무한하다는 것은 공존하는 것이 아니라 하나라는 것입니다.

아인슈타인의 'E=mc²' 방정식은 모든 질량이 있는 물체가 에너지이고, 에너지가 물체로 된다는 방정식입니다(에너지 보존 법칙). 아인슈타인은 이 방정식을 실험 없이 상상으로 발견했습니다. 그리고 그 상상이 2차 세계대전 때 일본에 떨어뜨린 핵폭탄, 즉 맨해튼 프로젝트로 증명되었던 것입니다.

미국 매사추세츠주의 외과의사 던칸 맥더갈은 1906년 임종 환자 6인을 저울대 위에 올려놓고 영혼의 무게를 재는 실험을 했다고 합니다. 실험한 결과는 매우 놀라웠습니다. 사망 후 체중이 줄어든 것이지요. 이유에 대하여 폐 속의 공기와 땀이 배출되었기 때문이라고 생각했습니다만, 초정밀 저울로 분석한 결과 21그램이 더 줄어들었다는 것입니다.

맥더갈 박사는 21그램을 영혼의 무게라고 생각했습니다. 이것과 관련하여 미국의 알레한드로 곤잘레스 이냐리투 감독은 〈21그램〉이라는 영화를 만들기도 했습니다.

우라늄 1그램이 핵분열을 통해 에너지로 바뀌면 시간당 약 1메가와트(MW)의 에너지를 만든다고 합니다. 우리나라의 월성 원자력발전소가 1기당 100메가와트(MW)의 발전을 한다고 하니 인간 영혼의 에너지는 매우 위력적입니다.

아인슈타인의 방정식은 인간의 정신에너지가 얼마나 위력적인가를 말해줍니다.

장미의 씨앗은 장미인가요, 아닌가요? 가시는? 줄기는? 뿌리는? 꽃가루는 어떤가요? 장미는 이 모든 것이 하나가 되어 장미를 완성합니다.

신도 마찬가지입니다. 그래서 신의 손길이 미치지 않는 것이 없다고 하는 것입니다. 그래서 당신이 부처이고 신성(神性)이 있다는 것입니다.

도덕적이어야 한다

최근 대기업 회장들이 수난을 당하고 있습니다. 한화그룹 김승연 회장이 법정 구속되었었고, CJ 이재현 회장도 비자금 등의 의혹을 받고 있습니다. 역외 탈세 리스트가 밝혀지면서 사회의 많은 유력인사들이 도덕적 문제로 고역을 치르고 있습니다. 정부에서는 재벌의 헌정질서 교란에 대해 엄격한 법적책임을 지우겠다는 의지를 보이고 있습니다만, 두고 볼 일입니다.

2008년 서브프라임 모기지의 도덕적 해이로 인해 글로벌 금융위기가 다시 발생했습니다. 2010년 다보스포럼에서의 주제는 '더 좋은 세상 만들기'였습니다. 이를 위해 재사고, 재디자인, 재건설이 화두였습니다. 신자유주의적 자본주의의 한계를 극복하기 위해 도덕 자본주의로의 프레임(frame) 이동이 가시화되기 시작했습니다.

1. 왜 도덕적이어야 하는가?

도그 렌닉의 『이제는 도덕이다』를 보면 그 중요성을 다시 생각해볼 수 있습니다. 시카고 드폴대학 SOA&MIS(the School of Accountancy and Management Information Systems)의 연구원들이 실시한 도덕성 연구결과를 보면, 〈비즈니스 에식스〉지가 선정한 도덕적인 100대 기업이 S&P500에 속한 기업들의 재정적 성과보다 10% 이상 높았다는 것입니다.

도덕적인 기업의 리더들의 공통점은 정직함을 믿고, 자신과 다른 사람을 책임져야 한다고 생각한다는 것입니다. 그들은 자기가 대우받고 싶은 대로 직원과 고객들을 대우합니다.

도덕적인 회사에 다니는 직원들이 탁월한 성과를 내는 이유를 리처드 보이애치스 등이 지은 『공감 리더십』에서도 설명합니다.

첫째, 일하는 곳을 자랑스럽게 생각합니다.
둘째, 조직에 헌신하고 싶은 마음이 생기게 합니다.
셋째, 당당하고 자유롭게 재능을 발휘합니다.
넷째, 늘 옳은 방향으로 생각하고 행동하게 합니다.

아무리 다국어를 하고 일처리가 완벽한 직원이 있더라도

그 직원이 도덕성이 없다면 그냥 도둑일 뿐입니다. 공자는 『논어』에서 도덕과 예로써 백성을 다스리면 양심의 가책을 받아 스스로 개과천선한다고 했습니다.

조직이 도덕적이길 바란다면 리더가 몇 배는 더 도덕적이어야 합니다. 관리자 1만 5천 명을 대상으로 '리더에게 가장 중요한 항목은 무엇이라고 생각하는가?'에 관해 설문조사한 결과가 있습니다. 통찰력, 능력, 공정성, 도덕성 중에서 도덕성이 1위를 차지했습니다.

도덕성 교육은 가정에서부터 시작합니다. 러시아의 교육자인 안톤 마카렌코가 이런 말을 했습니다.

"교육은 연속적인 과정이다. 각각의 세부적 사항은 가정의 분위기에 의해 만들어진다. 아이가 사회에 잘 적응하게 하려면 부모가 기본적인 가치관과 행동방식을 적극적으로 교육시켜야 한다. 그중에서 최고의 방법은 솔선수범을 보이는 것이다. 아이는 무의식중에 부모의 행동을 모방하기 때문이다."

2. 써도 삼키고, 달아도 뱉을 줄 알아야 한다

인생을 살면서 평정심을 갖는다는 것은 매우 어렵습니다. 매 순간 마음의 갈등을 느끼며 신호등을 무시한다거나, 길 위에 쓰레기를 버릴 때가 있습니다. 중요한 약속이나 삶의 목표를 정해놓고도 핑계거리를 찾아 고민한 적이 한두 번이 아닙니다.

이제 와서 기껏 깨달은 것은, 마음이 불편한 일은 하지 않는 것이 행복한 삶의 가장 기본이라는 것입니다. 몸이 조금 불편하더라도, 재정적으로 손해가 좀 있더라도 마음이 알려주는 신호를 따르는 것이 편안한 삶을 살 수 있는 쉬운 방법이라는 것을 말이죠.

다시 창업하라

매일 아침 6시 45분이면 울리는 알람소리에 무거운 몸을 격려하며 잠자리에서 일어납니다. 아내도 맞벌이를 하는 입장이지만 저보다 더 일찍부터 바쁘게 움직입니다. 미안한 마음이 항상 앞섭니다.

저는 먼저 거실로 나가 전등을 켜고 왼편에 놓여 있는 어항으로 다가가 열다섯 마리의 구피들에게 하루 한 끼의 식사를 제공합니다. 목욕탕으로 이동하여 면도와 간단한 세수만 하고 나와서는 아내가 차려준 아침 식사를 혼자서 빠르게 해치웁니다. 안방으로 가서 옷을 챙겨 입고, 집밖으로 나서기 전 바쁜 아내와 잠을 막 깬 아이들에게 굿모닝 키스를 잊지 않습니다.

회사까지는 자동차로 20분 정도로, 7시 45분경에 사무실에 도착합니다. 사무실에는 아끼는 후배 직원 한 명이 이미 컴퓨터 화면을 보고 뭔가를 하고 있습니다. 세 번째 "굿모닝!".

운동 양말과 운동화로 갈아 신고 지하 헬스장으로 내려갑니다. 헬스장 사장님께 네 번째 "굿모닝!"을 날려드리고 멋진 음악을 잠시 음미하면서 운동복으로 갈아입습니다. 그러곤 러닝머신 위에서 가볍게 스트레칭 및 운동을 합니다.

샤워 후 사무실로 돌아오면 8시 45분. 차(茶) 한 잔을 들고 팀원과 함께 옥상 휴게실에서 오늘 하루를 멋지게 시작하자고 다짐해봅니다.

출장 등 일정이 없는 점심, 저녁 시간에는 탁구장으로 가서 탁구동호회 회원들과 게임을 합니다.

보통 집에 귀가하면 8시에서 9시. 간단하게 씻고 과일을 먹으며 하루의 일을 가족과 함께 마무리합니다. 요즘 사춘기의 절정을 넘고 있는 막내아들 녀석이 걱정입니다만, 아직까진 별 문제가 없으니 다행입니다. 부모님께 안부 전화도 하고 나면 잠을 잘 시간입니다. 이렇게 하루하루가 거의 같은 내용으로 채워집니다.

7~8년 전에 '이렇게 살다가 가는 것이 인생인가?' 하는 고민을 심각하게 했었습니다. 그렇다고 멋지게(?) 직장을 때려치운다고 해도 딱히 인생이 더 멋있어질 것이란 생각이 들지 않기 때문에 뭔가 다른 생각을 하지 못했었습니다. 먹고사는 문제도 있었지만 은행에 갚아야 할 대출금도 막대한 영향을 주

었습니다. 지금 생각해보면 은행에 감사하기도 합니다.

그때부터 의미가 있는 무언가를 해봐야겠다고 생각했습니다. 어차피 빈 몸으로 가는 인생, 아이들에게 돈을 남겨주기보다 더 가치 있는 것을 남겨줘야겠다는 생각을 했습니다.

최근 3년 전까지 제가 하는 일은 예비 창업자, 벤처기업, 중소기업들의 기술 사업화를 지원하는 것이었습니다. 주로 사업계획서를 제대로 썼는지 검토해드리고, 정책자금을 지원해드렸습니다.

산업통상자원부, 중소기업지원센터, 중소기업청, 고용노동부, 기술신용보증재단, 기술보증기금, 중소기업진흥공단 등 다른 지원 기관의 도움을 받을 수 있도록 소개해드리는 것도 제가 잘하는 분야 중 하나입니다. 지금은 기획부서에 있지만 지금도 전에 도와드렸던 사장님들께서 전화하시거나 방문하셔서 진행 상황을 말씀해주시면 행복하기가 이루 말할 수 없습니다.

일단 제가 하는 일에서 뭔가 의미가 있는 것을 찾고자 고민한 끝에 이 책이 나온 것입니다. 다른 사람들이 혁신을 위해 조직개편과 쥐어짜기에 몰두할 때, 혁신에 관련된 사례를 모으고 혁신에 성공한 기업들을 찾아 성공에 이른 원인의 본질을 보려 했습니다.

　이렇게 목적이 명확해지다 보니 책도 집중적으로 읽게 되어, 많게는 일주일에 다섯 권도 읽었습니다. 지치는 줄 몰랐습니다. 재미있었으니까요!

　그 결과, 혁신에 성공한 기업들은 직원들을 존중하며, 위대한 꿈을 향해 나아간다는 공통된 특징을 발견했습니다.

　경영자의 목적은 전 직원들을 경영자로 만드는 것이라고 합니다. 경영자와 관리자의 차이는 경영자는 회사의 돈을 자기 돈처럼 아끼며 사용하는 사람이고, 관리자는 회사의 돈을 회사의 돈처럼 사용하는 사람이라고 합니다. 위대한 기업들은 직원들이 경영자 마인드를 갖고 있기 때문에 비용이 자동적으로 절감되고, 아이디어가 샘솟습니다. 스스로 알아서 행동하며, 싸움이 아니라 경쟁이 있습니다.

　성공의 길로 가는 기업들은 사람의 심리를 잘 알고 있습니다. 사람을 관리하려고 하지 않고 존중해주려고 합니다. 인간 심리의 기본은 나르시시즘입니다. 자존감이죠. 자존감이 정상인 사람은 타인에 대해 배려하며 올바른 삶을 살아가려고 노력합니다. 그 정상적인 자존감은 위대한 신념을 만들어 상생의 성과를 내는 것입니다(그래서 직원 교육 프로그램은 필수입니다!).

스프링복처럼 달리는 경쟁에만 몰두하다 낭떠러지로 떨어지는, 모두가 패자인 삶을 적어도 제 아이들에게는 물려주고 싶지 않았습니다. 그것이 이 책을 쓰게 된 결정적인 이유입니다.

이 책의 제목은 '다시 창업하라' 입니다. 하던 사업을 접고 다시 사업자등록증을 내라는 것이 아닙니다. 회사 또는 개인의 비전을 재정립하고, 초심으로 돌아가 상생하는 위대한 사업, 위대한 인생을 살아가 보자는 것입니다.

Part 3
성공을 위한 기술

더하기의 마법

　　스위스의 명품 시계 IWC가 지하철 손잡이에 자사의 시계 광고를 한 모습입니다. 혁신적인 광고에도 더하기 기법이 활용됩니다.

출처: http://indinational.com/index.php/ambient-marketing/

　　남자 화장실에 들어가면 거의 대부분 변기 앞에 표어들이 붙어 있습니다. 엄중하게 '한 걸음 앞으로' 라는 표현부터, 유머러스하게는 '남자가 흘리지 말아야 할 것은 눈물만이 아니죠', '한 방울이라도 흘리면', '누가 봅니다', '애개……' 등 이런 문구들은 웃다가 더 흘리게(?) 하는 부작용이 있습니다.

남자들의 심리를 정확하게 꿰뚫은 좀 더 확실한 방법이 있습니다. 그것은 파리 스티커입니다. 남자들은 그 파리를 맞추기 위해 집중하게 됩니다. 변기와 스티커를 더한 것이지요!

출처:
http://blog.hani.co.kr/
bonbon/1703

아침 출근 전에 식빵을 굽다 보면 토스터기에 빵이 두 개씩밖에 안 들어가는 것이 불편할 때가 있습니다. 프린터기와 히터를 더하기로 융합한 토스터기는 식빵 여러 개를 올려만 놓으면 연속으로 알아서 구워줍니다.

출처:
http://www.muehlebachdesign.ch/

콘센트를 사용하다 보면 뻑뻑해서 손으로 뽑기 힘들 때가 있습니다. 물이 묻은 손은 더군다나 위험하지요. 노약자들에겐 매우 위험한 일이기도 합니다. 발을 사용하여 플러그를 뽑는 제품은 레버(lever)를 융합한 제품입니다.

출차:
http://images.businessweek.com/

무더운 여름철에는 냉장고 문이 떨어져라 냉동실의 얼음을 찾습니다. 보통 냉동실에 얼음 틀이 한두 개밖에 없다는 것이 아쉬울 때가 있습니다. 그런데 어떤 얼음 틀을 생산하는 기업은 남들보다 몇 배의 판매량을 기록하고 있습니다. 다음의 그림처럼 얼음을 레고 모양으로 만드는 얼음 틀을 개발한 것입니다.

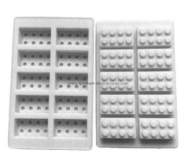

출차: http://www.iphone4-silicone-cases.com/

국을 뜨다가 국자를 냄비 안에 빠뜨리는 낭패를 겪어보신 분들이 많을 것입니다. 물에 뜨는 국자 '플로터(Floater)'를 개발한 이성용 씨(34)는 대한민국 차세대 디자인 리더로 선정됐습니다.

출처: http://tsori.net/1145

출처:
http://gadzetomania.pl/2013/03/15/gadzet-dnia-zwiewajacy-budzik-robot-wideo

아침에 알람을 저장해놓았지만 너무 피곤한 경우 무심결에 알람을 끄고 다시 잠드는 경험을 하게 됩니다. 이 문제를 해결한 것이 크로키(Clocky)라는 제품입니다. 'Crazy Clock'의 줄임말로 '미친 시계'라는 뜻입니다. 일단 알람이 울리면 바퀴가 돌아서 온 방 안을 미친 듯이 돌아다니며 울어댑니다. 알람시계와 전기모터를 융합한 제품입니다.

요즘은 배터리가 사용되지 않는 제품이 없을 정도입니다. 마트에 가면 한 묶음씩 배터리를 사야 하는데 너무 많이 보관하는 것도 주저됩니다. 내부에 태엽이 들어 있고, 태엽을 비틀며 감아주면 전기를 발생시키는 친환경 배터리는 어떤지요? 배터리와 태엽의 융합이지요!

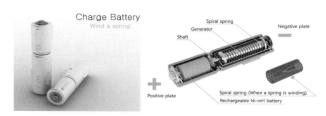

출처: http://tech.nocr.at/gadgets/wind-up-batteries/

소비자를 감동시키는 것은 기술이 아니라 불편함을 해결해주는 것입니다. 가정마다 칫솔을 보관하는 컵이나 행거가 있습니다만, 회사 등 외부에서 양치질을 하고 손을 씻거나 볼일을 보려면 칫솔을 놔둘 곳이 딱히 없습니다. 불특정의 많은 사람이 들락거리는 화장실이라 위생적인 측면에서도 더욱 망설여집니다. 오뚝이처럼 설 수 있는

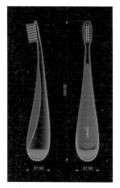

출처: http://blog.naver.com/ pat_1947/80151814071

칫솔은 어떠신지요!

    사랑하는 마음은 변함이 없는데
기념일을 기억하지 못해서 오해를
받는다면 얼마나 억울할까요? 기념
일을 절대 잊어버릴 수 없도록 정해
진 날짜에 뜨거워지는 반지입니다.
반지와 히터 더하기!

출처:
http://blog.naver.com/
netijk/100105220970

완벽한 사업계획서 작성하는 방법

정책자금에는 '융자자금' 과 '지원자금' 이 있습니다.

융자자금은 저금리의 이자를 포함해서 원금을 갚아야 되는 자금으로 중소기업진흥공단, 기술보증기금, 신용보증기금, 소상공인지원센터 및 기초지자체 등에서 지원합니다.

지원자금은 사업성, 일자리를 창출할 가능성 등이 높은 사업에 대해 국가적 차원에서 조건 없이 자금을 지원해주는 것으로 한국산업기술평가관리원, 한국산업기술진흥원, 한국정보통신산업진흥원, 중소기업청, 테크노파크, 중소기업지원센터 등에서 지원하고 있습니다.

지원 프로그램에 대한 설명회가 연초부터 전국에서 열리기 때문에 기회가 된다면 참석해보는 것도 좋은 경험이 될 것입니다.

그런데 문제는 들어도 무슨 말인지 잘 못 알아듣겠다는 분들이 많다는 것입니다. 용어도 어렵고, 짧은 시간 동안 설명을 간단하게 하다 보니 더욱 어렵습니다. 그럴 때는 포기하지 말고 관심 있는 프로그램 담당자를 찾아가서 문의하면 쉽게 설명을 들을 수 있습니다.

이렇게 상담 등을 통해 어떤 정책자금을 받아야겠다고 정했다면, 홈페이지 등을 통해 사업계획서 또는 사업제안서 양식을 받아서 작성해야 합니다. 그러나 막막한 사막 한가운데서 있는 느낌을 받는 것도 사실입니다.

매년 많은 분께서 사업계획서를 작성하려다 보니 막막하다며 계획서 작성에 대해 문의하십니다. 이제부터 사업계획서를 멋지고 완벽하게 작성하는 비법을 알려드리겠습니다.

책의 서두에 사업계획서 작성 시 도움이 될 만한 'NABC' 접근법에 대해 설명해드렸습니다. 이 방식은 사업계획서를 작성함에 있어서 가장 핵심적인 항목을 점검하고 평가하는 방식입니다.

커티스 칼슨, 윌리엄 윌못의 『혁신이란 무엇인가』를 읽어보시길 권합니다. 이 책을 쓴 저자는 미국 실리콘밸리의 혁신을 60년간 지원하는 SRI인터내셔널(stanford Research Institute International)의 CEO로서, 수많은 기업의 혁신을 지원하면서 담은 노하우를 집필했습니다.

1. N

N은 Need를 뜻하는 말로서, 먼저 핵심고객 및 시장수요가 있는 기술 및 제품인지를 증명해야 합니다. NABC 접근법을 보면 ABC는 순서대로 되어 있는데 왜 N이 가장 앞에 나와 있을까 궁금하실 겁니다. 이유는 가장 중요하기 때문입니다. 제품이 아무리 좋더라도 시장에서 팔릴 수 없다면 무용지물이기 때문입니다.

따라서 개발자가 흥미로운 것이 아니라 고객과 시장이 원하는 것이어야 합니다. 보통 개발자 혼자 좋아하고 집착하는 아이템이 있습니다. 고객이 몰라서 그렇지 자신이 개발하면 분명 대박제품이 될 것이라는 확신을 갖고 있는 경우가 많습니다.

그러나 확실한 N을 확보해야 합니다. 시장에서 고객이 기다리고 있다는 신호, 증거를 제시해야 합니다. 규모가 큰 글로벌 기업 담당자와 주고받은 문서, 문자, 메일도 증거자료가 될 수 있습니다. 대리점을 하겠다는 지인들의 반응도 구체적이라면 귀중한 증거자료가 될 수 있습니다.

2. A

A는 Approach의 약자로서, 고객이 원하는 수요를 만족시킬 방법론을 묻는 항목입니다. 더 명료하게 말씀드린다면 어떤 독창적인 또는 특허를 받은 기술을 가지고 있는가를 묻는 것입니다.

지금은 공급과잉과 무한경쟁의 시대입니다. 자신만의 기술이 없으면 당장 중국산 저가제품과 경쟁해야 합니다. 스프링복처럼 죽을 때까지 달리기만 하는 경쟁의 틀 속에 갇히게 됩니다. 그런 제품 및 사업은 미래성이 밝지 않습니다. 정책자금을 투자할 수가 없습니다.

특허성 있는 기술을 보유하고 있더라도 특허를 출원하여 등록하지 않았다면 의미가 없습니다. 그래서 사업계획서를 작성할 때는 이미 특허 등록이 되어 있는 것이 매우 유리합니다.

갖고 있는 아이디어가 특허성이 있는지 여부는 지역의 '지식재산센터'를 찾아가면 거의 무료로 판단 받을 수 있습니다. 특허성이 있으면 국내외 특허출원 비용도 지원받을 수 있습니다.

3. B

B는 Benefit의 약자로서, 갖고 있는 기술을 이용해서 사업화했을 때 고객에게 어떤 이득이 있는지를 묻는 것입니다.

새로운 경험을 하게 할 수 있는가? 그동안의 불편을 해결할 수 있는가? 저렴한 비용으로 동일한 성능 및 기능을 누릴 수 있는가?

가격은 조금 더 비싸지만 다양한 기능을 제공한다는 것은 결코 매력적이지 못합니다.

4. C

C는 Competition, 경쟁자 및 대체재에 대한 분석 항목입니다. 새로운 기술이 적용된 최첨단의 제품을 개발했다고 가정하겠습니다. 가격도 기존 제품보다 획기적으로 낮게 책정했습니다.

그런데 시장 환경이 바뀌었다면 어떨까요? 필름 타입의 획

기적인 카메라를 만들었습니다. 성공할 수 있을까요?

경쟁자 및 대체재에 대한 분석이 매우 빈약하거나 전무한 상태로 사업을 계획하는 매우 무모하게 낙천적인 분들이 계십니다. 대한민국에서 사업은 가족 모두의 생계와 안정이 걸린 경우가 대다수입니다. 치밀하고 신중해야 합니다.

사업계획서를 작성할 때 또 한 가지 꼭 고려해야 할 것은 디자인입니다. 심사위원이 보기 편하게 작성해야 합니다. 한 문장이 세 줄 이상 넘어가면 읽기가 불편합니다. 심사위원들은 엄청나게 많은 제안서를 검토하고 평가해야 합니다. 당신의 제안서를 부모님의 유서 읽듯이 꼼꼼하게 보지 않는다는 것입니다. 그리고 당신의 사업 아이템을 완벽하게 이해하지 못할 수도 있습니다.

5. 결론

첫째, 문장을 너무 **빽빽**하게 적지 말고 여백의 미를 살려라.
둘째, 중요한 부분은 굵은 글자로 처리하라.
셋째, 전문적인 용어는 꼭 별도의 설명을 하라.
넷째, 그림과 표를 이용하여 이해를 도와라.

다섯째, 심사위원들에게 증빙자료를 많이 제공하라.

여섯째, 당신의 경력과 능력을 확인시켜 신뢰감을 주라.

사업계획서는 겸손하면 안 됩니다. 그렇다고 산만해서는 더더욱 안 됩니다. 심사위원들이 당신의 사업 성공을 믿을 수 있도록 강하게 설득해야 합니다.

감동적인 프레젠테이션 하는 방법

사업계획서를 제출하고 나면 다음 평가를 거쳐야 합니다. 과제에 따라서 다르겠지만 프레젠테이션(Presentation)을 해야 합니다. 몇 번 해보신 분들은 상관없겠지만, 처음 경험하는 분들에겐 약 10분에서 20분의 시간이 지옥이나 다름없을 것입니다. 아마 심사위원장이 옥황상제로 보이지 않을까 싶습니다.

프레젠테이션은 서류심사를 통과한 사람들에게 제공되는 기회이니만큼, 경쟁은 더 치열해지고 당락을 결정짓는 매우 중요한 순간입니다.

그렇다면 어떻게 프레젠테이션을 준비해야 하는지 그 비법을 알려드리겠습니다.

1. 명료하게 작성하라

첫째, NABC+P 방식을 적용하여 구성하라.

둘째, 글자의 양을 최소화하고 그림으로 설명하라.

셋째, 디자인보다는 내용이다. 그러나 디자인도 중요하다.

글자로 도배하면 아니 되옵니다. 설마 스크린에 비쳐진 글을 하나하나 읽으려는 생각을 하셨다면 절대 금물입니다. 큰 글자로 명료하게 작성하십시오. 그리고 그림을 많이 활용하여 쉽고 빠르게 내용이 전달될 수 있도록 해야 합니다.

스토리를 말하는 것도 매우 좋습니다. 예를 들어 에비앙 생수는 프랑스혁명 시절 눈 덮인 알프스의 작은 마을 에비앙에서 신장결석을 앓고 있던 한 후작이 요양을 하다 약수를 먹고 나았다는 이야기를 갖고 마케팅을 했습니다. 우리나라의 초

정리 약수도 세종대왕의 눈병을 고쳤다는 비슷한 스토리로 마케팅을 했습니다.

그리고 디자인보다 내용이 더 중요한 것은 맞지만 디자인에도 신경을 써야 합니다. 디자인 전문가의 도움을 받는 것도 좋습니다.

프레젠테이션 내용의 순서는 NABC 접근법을 적용하여 작성하십시오. 그리고 마지막 장에 기업의 비전인 P를 배치하십시오. 마지막은 당신의 위대한 꿈으로 감동을 주어야 합니다.

김미성 님의 『백전불패 프레젠테이션』를 보면 "청중들은 화면 가득한 문자에 지루해합니다. 청중이 상상하고 감동받을 수 있는 문장을 만들어보세요. 짧지만 많은 내용을 말하는 함축적인 문장 한 줄이 강력한 효과를 가져옵니다."라는 말이 나옵니다.

"I have a dream." - 마틴 루터 킹
"Stay Hungry, Stay Foolish!" - 스티브 잡스

2. 연습밖에 길이 없다!

첫째, 보고 읽지 말고 외워서 말하라.

둘째, 주어진 시간 내에 핵심 중심으로 발표하라.

셋째, 짧은 스토리텔링도 좋다.

넷째, 얼굴에 여유와 웃음을 잃지 마라.

다섯째, 심사위원과의 갈등을 피하라.

발표자의 발음과 제스처는 세련되어야 합니다. 사업제안을 왜 했는지를 간단한 스토리텔링 기법을 활용해 발표하면 좋습니다. 스토리텔링을 할 때는 제스처나 느린 걸음으로 동적인 표현을 하는 것을 권합니다.

발표가 끝나면 질의응답 시간이 됩니다. 심사위원들이 모두 당신의 아이템과 관련된 전문가라고 생각하지 마세요. 엉뚱한 질문이 날아올 수 있습니다. 그때 당황하거나 공격적인 답변을 하면 좋을 것이 없습니다. 심사위원들은 당신의 공격적인 행동을 보고 당신의 인격을 추측하고, 당신이 향후 고객을 어떻게 대할 것인지 짐작하게 됩니다.

프레젠테이션 발표의 핵심은 연습하고, 또 연습하는 것입니다.

사회적기업, 협동조합에 대한 착각

최근 사회적기업이 새로운 따뜻한 자본주의의 기업모델로 부각되고 있습니다. 중앙정부 및 지자체에서는 사회적기업 모델이 따뜻한 자본주의의 기업 모델로서 일자리를 만들어주는 돌파구가 될 것으로 기대하는 것입니다.

사회적기업의 역사는 50여 년 전으로 거슬러 올라갑니다. 그러나 세계적으로 성공한 사례가 그다지 많지 않습니다. 기업은 생존이 먼저이기 때문입니다.

대표적인 성공사례로 거론되는 기업으로는 미국 영화배우 폴 뉴먼이 회장인 뉴먼스 오운(Newman's Own)입니다.

폴 뉴먼은 배우 활동을 하면서 방부제가 전혀 첨가되지 않은 샐러드를 개발하고 그의 친구 허츠너와 함께 사업을 시작했습니다. 그는 지금까지 1억5천만 달러 매출에서 생긴 순수익 1천2백만 달러 이상을 전부 200여 개 자선단체에 기부했습니다.

시작은 매우 충동적이었지만, 그의 따뜻하고 열정적인 리더십은 많은 지인의 지원과 도움, 참여로 크게 성장했습니다. 천연의 무방부제 소스를 생산하기 위해 힘든 수작업의 공정을 끝까지 고집했습니다. 어떤 일탈의 제안도 단호히 거절했지요. 이런 일이 가능했던 것은 결코 자기 주머니를 채우기 위해 요란법석을 떤 것이 아니었기 때문입니다. 그래서 소비자들은 그를 사랑했습니다.

그리고 난치병에 걸린 경제적 극빈층 어린이들을 위해 미국 내 31개 주와 해외 28개국에 캠프장을 건설하고, 자원봉사자와 기금을 유치하였습니다. 실제로 암을 극복한 아이들이 커서 봉사자로 성장하는 감동적인 성과가 나오고 있지요.

사회적기업은 빵을 나눠 먹기 위해, 즉 일자리를 나누기 위해 기업을 운영합니다. 그러나 결국 생존을 해야 빵을 나눌 수 있는 것입니다. 그런 면에서 뉴먼스 오운은 가장 현실적인 성공사례를 보여주고 있습니다.

협동조합은 생존의 측면에서 사회적기업보다는 좀 나은 편이라고 볼 수 있습니다. 그러나 여러 이해 당사자가 경영에 참여하기 때문에 이것 또한 굳은 신념으로 단결하지 않으면 지속적으로 성장하는 것이 어렵습니다.

협동조합으로 성공한 대표적 사례는 스페인 협동조합 몬드라곤(Mondragon)을 들 수 있습니다. 김성오의 『몬드라곤의 기적』은 참고하면 많은 도움이 될 것입니다.

몬드라곤(Mondragon)은 '산'이라는 뜻의 몬과 '용'이라는 뜻의 드라곤의 합성어입니다. 스페인 바스크 지역에서 시작한 이 협동조합은 1980년까지 120여 개가 넘는 개발협동조합의 느슨한 연합체였다가, 은행이 중심이 되어 강력한 통합을 이루게 되었습니다.

현재 260여 개 금융·제조·유통·기술개발 부문을 포괄하는 자산 53조 원, 매출 22조 원, 종업원 8만 4천 명, 해외법인 80여 개의 우리나라 현대차와 비슷한 규모의 글로벌 기업으로 성장하였습니다.

이들은 첨단기술, 자금력, 단결력으로 꾸준한 성장을 이어왔습니다. 몬드라곤의 건설 부문은 스페인 바스크 지역의 빌바오에 있는 구겐하임 미술관을 지었는데, 기둥 없이 건물을 첨단소재로 만들어 스페인 국왕으로부터 '20세기 인류가 만든 최고의 건물'이라는 극찬을 받을 정도로 첨단기술을 확보하는 데 최선을 다하고 있습니다.

몬드라곤 기업이 가장 많은 고용을 창출하는 것은 유통입니다. 에로스키는 슈퍼마켓, 맥시마켓, 하이퍼마켓, 여행사무

소, 헬스클럽 등의 사업 분야에서 2천 1백여 개 매장을 구축
하였습니다. 2003년 메르카트를 인수했고, 2007년 스페인 굴
지의 유통그룹 카프라보를 인수하면서 비약적으로 성장했습
니다.

몬드라곤이 이렇게 성장한 이유는 민주적으로 노동자가 경
영에 참여하는 기본원칙 때문입니다. 260여 개 조합 간 급여
격차는 거의 없지만, 경영 성과에 대한 배당금이 별도로 있습
니다. 배당금은 각 조합원의 개인별 자본구좌에 축적되는데,
경영손실이 발생했을 때는 차감될 수 있습니다. 물론 수익이
생기면 순수익의 최소 30~70% 사이에서 배당으로 분배가 됩
니다. 명확한 동기부여가 되는 것입니다.

몬드라곤 내 비조합원과 조합원 간의 수입 차이는 배당금
과 연금에서 차이가 날 뿐입니다. 비조합원도 인당 평균 5천3
백만 원 정도를 받습니다. 동일노동 동일임금의 원칙이 지켜
지기 때문입니다. 우리나라 현대자동차의 경우 정규직은 8천
만 원 정도 받지만 비정규직 직원들은 3천5백만 원밖에 받지
못하는 것과 비교됩니다.

퇴직이나 휴직 때 사회보장협동조합에서 연금이 나옵니다.
그래서 조합원들은 매달 받는 월급을 저축할 필요성을 못 느

낀다고 합니다. 소비가 자연스럽게 유발되어 경제에 활력소
가 되는 것입니다.

몬드라곤은 국가의 지원 없이 조합원들 스스로 필요한 것
은 만들어서 시스템으로 구축합니다. 회사의 경영이 힘들 때
운영되는 휴직제도는 80%의 휴직급여가 지원되고, 몬드라곤
교육기관에서 새로운 직업교육을 제공합니다. 다른 직종의
협동조합으로 옮길 수 있는 기회도 제공됩니다. 철저하게 노
동자 중심의 회사인 것입니다.

그러나 위협요소도 있습니다. 협동조합은 헌신과 연대가
기초해야 함에도 최근 조합원들의 총회 참석률이 30% 수준으
로 떨어지고 있습니다. 자유분방하고 개인주의적인 성향의 2
세대 조합원들이 늘면서 새로운 도전을 받게 된 것입니다.

그리고 조합원의 비율이 현재 40%라는 것입니다. 몬드라곤
도 기업이다 보니 생존과 수익을 위한 경영 과정에서 발생한
현실적 결과입니다. 그러므로 협동조합 기업을 고려하고 있
다면 몬드라곤을 꼭 벤치마킹할 필요가 있습니다.

현재 주변의 혁신에는 아픔이 내재되어 있습니다. 수많은 조직이 혁신에 실패하며 시행오차를 겪는 것을 보면서 안타까운 생각이 들었습니다.

결정적으로 2005년도 한국개발연구원(KDI)에서 정부자금을 지원받은 기업들과 지원받지 못한 기업들의 영업이익을 비교하여 분석한 결과, 놀랍게도 정부자금을 지원받지 못한 기업들의 영업 이익률이 더 높게 분석된 것이 지금의 이 책을 나오게 했습니다.

혁신에 실패해서 탁월한 성과가 나오지 못한 것이 아니라, 혁신이 성공할 수 없는 환경이 문제의 본질이었던 것입니다.

첨단기술, 스피드, 고급인력이 부족해서 실패하는 것이 아닙니다. 사람이 혁신의 핵심인 것은 맞지만, 사람을 생산도구로 인식했기 때문에 실패한 것입니다.

혁신에 성공하는 위대한 리더들은 직원들 개개인을 경영자로 만듭니다. 위대한 조직의 꿈을 제시하고 자발적으로 동참하도록 격려합니다. 그리고 그들의 잠재된 능력을 일깨워주고 열정을 불어넣어 줍니다.

혁신적 성과는 두려움의 대상이 아닙니다. 절대로 어렵지 않습니다. 우리의 주변 어느 곳에서나 혁신적 성과는 시작될 수 있습니다.

고객의 모순된 행동의 본질을 파악하고, 기존의 아이디어를 융합하여 해결하는 것이 혁신입니다. 이런 혁신이 파괴적 혁신으로 발전하기 위해서는 리더의 소통력과 포용력 등 리더십이 핵심으로 작용합니다.

결국, 혁신은 조직원들의 역량보다는 리더의 역량, 즉 리더십에 달려 있는 것입니다. 리더십을 바탕으로 정부의 자금이

투입되어야 그 효과가 나타납니다.

이 책에서 제시한 강력한 절대 방정식인 'PNABC 접근법'을 체크 리스트로 활용하여 스스로 엄격하게 판단해야 합니다. 이 방식에 익숙해지면 정부로부터 자금지원을 100% 받을 수 있을 뿐만 아니라 그 아이템의 절대적 성공도 보장됩니다. 위대한 사업 비전을 가진 기업이 고객의 불편을 해결하는 기발한 기술을 갖고 있다면, 어떤 사업이 실패하겠습니까!

마지막으로, 최근에 사회적기업 및 협동조합에 관심을 가지는 기업들이 많습니다. 그러나 기업 경영의 1차적인 조건은 '생존' 임을 잊지를 말아야 합니다.

이 책의 제목은 '다시 창업하라' 입니다. 하던 사업을 접으라는 것이 아닙니다. 회사 또는 개인의 비전을 재정립하고, 초심으로 돌아가 상생하는 위대한 사업, 위대한 인생을 살아가보자는 것입니다.

이 책이 즐거운 혁신을 통해 '제2의 인생'을 꿈꾸는 많은 분들에게 도움이 되었으면 좋겠습니다.

| 참고문헌 |

1. 『100년 기업의 힘 타타에게 배워라』 오화석 저/매일경제신문사/2013
2. 『불안증폭사회』 김태형 저/위즈덤하우스/2010
3. 『뇌내혁명 1』 하루야마 시게오 저/반광식 역/사람과책/1996
4. 『그러니까 웃어요』 이미숙 글/금동원 그림/마음의숲/2010
5. 『오래된 비밀』 이정일 저/이다미디어/2013
6. 『아웃라이어』 말콤 글래드웰 저/노정태 역/김영사/2009
7. 『티핑 포인트』 말콤 글래드웰 저/임옥희 역/이끌리오/2000
8. 『희망특강 파랑새』 희망특강 파랑새 제작팀/MBC프로덕션/2009
9. 『임계점을 넘어라』 김학재 저/글로벌콘텐츠/2010
10. 『머리 좋은 사람이 돈 못 버는 이유』 사카모토 게이치 저/홍성민 역/북스캔
    /2007
11. 『상식의 오류 사전 747』 발터 크래머, 괴츠 트렌클러 외 1명 저/박영구 외 1명
    역/경당/2007
12. 『유쾌한 이노베이션』 톰 켈리, 조너던 리틀맨 저/이종인 역/세종서적/2002
13. 『인문학 콘서트 3』 이어령, 이덕일 외 4명 저/이숲/2011
14. 『조선유학과 서양과학의 만남』 박성순 저/고즈윈/2005
15. 『정의란 무엇인가』 마이클 샌델 저/이창신 역/김영사/2010
16. 『진보의 힘』 존 포데스타 저/김현대 역/한겨레출판사/2010
17. 『관계의 달인』 앤드류 매튜스 저/김현아 역/북라인/2008
18. 『왜 뇌는 착각에 빠질까』 스티븐 매크닉, 수사나 마르티네스 콘데 외 1명 저/오
    혜경 역/21세기북스/2012
19. 『우리는 사소한 것에 목숨을 건다』 리처드 칼슨 저/강미경 역/창작시대/2004
20. 『무한능력』 앤서니 라빈스 저/이우성 역/시공아카데미/1999

21. 『팩토리얼 파워』 신재덕 저/석세스티브이/2010
22. 『무지개 원리』 차동엽 저/동이/2006
23. 『꿈꾸는 다락방』 이지성 저/국일출판사/2007
24. 『긍정의 힘』 조엘 오스틴 저/정성묵 역/두란노/2005
25. 『시크릿』 론다 번 저/김우열 역/살림Biz/2007
26. 『경이로운 나』 김연수 저/청어/2011
27. 『EQ 감성지능』 다니엘 골먼 저/한창호 역/웅진지식하우스/2008
28. 『하프타임』 밥 버포드 저/이창신 역/국제제자훈련원/2009
29. 『청년 반크 세계를 품다』 박기태 저/랜덤하우스코리아/2011
30. 『혁신이란 무엇인가』 커티스 칼슨, 윌리엄 월못 저/문일윤 역/김영사/2008
31. 『아름다운 비즈니스』 폴 뉴먼, A.E. 허츠너 저/윤영호 역/세종연구원/2006
32. 『몬드라곤의 기적』 김성오 저/역사비평사/2012
33. 『가격은 없다』 윌리엄 파운드스톤 저/하승아 외 1명 역/동녘사이언스/2011
34. 『끝나지 않은 도전』 이민화 저/북콘서트/2012
35. 『이제는 도덕이다』 도그 렌닉 저/정준희 역/북스넛/2010
36. 『공감 리더십』 리처드 보이애치스, 애니 맥키 저/정준희 역/에코의서재/2007
37. 『파이프라인을 구축하라』 박세정 저/책과나무/2013
38. 『로봇 다빈치, 꿈을 설계하다』 데니스 홍 저/샘터/2013
39. 『너는 늦게 피는 꽃이다』 김인숙 저/휴/2013
40. 『출세만세』 남규홍 저/도모북스/2011
41. 『백전불패 프레젠테이션』 김미성 저/미르북스/2012

*일반적인 사진들은 저작권이 무료로 공유된 http://pixabay.com/에서 사용하였습니다.

다시
창업하라